Os Deuses Subterrâneos

CRISTOVAM BUARQUE

Os Deuses
Subterrâneos

Uma fábula pós-moderna

2ª EDIÇÃO

EDITORA RECORD
RIO DE JANEIRO • SÃO PAULO
2005

CIP-Brasil. Catalogação-na-fonte
Sindicato Nacional dos Editores de Livros, RJ.

B931d Buarque, Cristovam, 1944-
2ª ed. Os deuses subterrâneos / Cristovam Buarque. – 2ª ed. –
       Rio de Janeiro: Record, 2005.

   ISBN 85-01-04119-X

   1. Romance brasileiro. I. Título.

04-3196
                    CDD – 869.93
                    CDU – 821.134.3(81)-3

Copyright © 2005 by Cristovam Buarque

Direitos exclusivos desta edição reservados pela
DISTRIBUIDORA RECORD DE SERVIÇOS DE IMPRENSA S.A.
Rua Argentina 171 – Rio de Janeiro, RJ – 20921-380 – Tel.: 2585-2000

Impresso no Brasil

ISBN 85-01-04119-X

PEDIDOS PELO REEMBOLSO POSTAL
Caixa Postal 23.052
Rio de Janeiro, RJ – 20922-970

EDITORA AFILIADA

Para
Mario Quintana, que fala com Eles.

"Wolfgang Amadeus Mozart foi enviado à Terra com uma mala cheia de música composta por Deus."

Luciano Pavarotti

Sumário

Parte I

CAPÍTULO 1 As Fontes — 15

Parte II

CAPÍTULO 2 Teo — 27
CAPÍTULO 3 A Colônia — 29
CAPÍTULO 4 O Encontro — 31
CAPÍTULO 5 A Cobra — 34

Parte III

CAPÍTULO 6 O Outro Encontro — 41
CAPÍTULO 7 Beauvardage — 48
CAPÍTULO 8 O Tijolo dos Deuses — 54

Parte IV

CAPÍTULO 9 A Prova — 61
CAPÍTULO 10 Os Nomes — 64
CAPÍTULO 11 Os Deuses — 69
CAPÍTULO 12 A Revolta — 74

CAPÍTULO 13	A Procura	77
CAPÍTULO 14	A Língua	79
CAPÍTULO 15	Os Desaparecidos	82
CAPÍTULO 16	O Livróide	84
CAPÍTULO 17	Uma Pista	92
CAPÍTULO 18	O Outro Grande Elo	94
CAPÍTULO 19	A Arte	97
CAPÍTULO 20	Os ETs	100
CAPÍTULO 21	Os Visitantes	102

PARTE V

CAPÍTULO 22	Os Espiões dos Deuses	107
CAPÍTULO 23	O Culpado	110
CAPÍTULO 24	As Provas	112
CAPÍTULO 25	A Missão	114
CAPÍTULO 26	Os Monstros	116

PARTE VI

CAPÍTULO 27	A Partida	121
CAPÍTULO 28	A Volta	124
CAPÍTULO 29	O Projeto	126

PARTE VII

CAPÍTULO 30	A Hipnose	131
CAPÍTULO 31	O Dr. Plankter	137

Parte VIII

CAPÍTULO 32	Primeiro Telefonema	143
CAPÍTULO 33	C.R.C. Bilder, Historiador	145
CAPÍTULO 34	O Segundo Telefonema	152
CAPÍTULO 35	O Reencontro	155
CAPÍTULO 36	Os Endereços de Deus	158

Parte IX

CAPÍTULO 37	A Outra Hipnose	165
CAPÍTULO 38	Homero e Heráclito	168

Parte X

CAPÍTULO 39	O Eixo Moscou-Washington	177
CAPÍTULO 40	O Intruso	179
CAPÍTULO 41	A Partida	182
CAPÍTULO 42	O Homem em Moscou	185
CAPÍTULO 43	O Desmascaramento	191

Parte XI

CAPÍTULO 44	A Primeira Descoberta	197
CAPÍTULO 45	A Segunda Descoberta	205
CAPÍTULO 46	A Outra Guerra	211

Parte XII

CAPÍTULO 47	A Terceira Descoberta	217
CAPÍTULO 48	A Proposta	223
CAPÍTULO 49	O Alerta	227
CAPÍTULO 50	A Decisão	232

PARTE XIII

CAPÍTULO 51 A Espera	237
CAPÍTULO 52 A Preparação da Guerra I	240

PARTE XIV

CAPÍTULO 53 A Negociação	249
CAPÍTULO 54 A Preparação da Guerra II	251
CAPÍTULO 55 O Outro Deus	254
CAPÍTULO 56 A Preparação da Guerra III	258

PARTE XV

CAPÍTULO 57 A Deserção	269
CAPÍTULO 58 A Indecisão	273
CAPÍTULO 59 A Ordem	276
CAPÍTULO 60 A Conversa	279
CAPÍTULO 61 A Morte e o Mais	284

PARTE XVI

CAPÍTULO 62 A Guerra	289
CAPÍTULO 63 O Profeta dos Deuses	293
CAPÍTULO 64 e	297

PARTE XVII

CAPÍTULO 65 A Dúvida	301

Parte I

CAPÍTULO 1

As Fontes

Em 1981, fui contratado pela FAO para uma missão na região de Chuquisaca, nos Andes bolivianos. Durante algumas semanas vivi em Sucre, visitei povoados que pareciam perdidos nos tempos dos antigos incas. Foi em um deles que, pela primeira vez, escutei falar nos deuses subterrâneos.

Tínhamos viajado todo o dia, através da Cordilheira, por estradas desenhadas em penhascos, atravessando rios por dentro da própria água fria. O povoado tinha duas dúzias de casebres. Ninguém falava espanhol; nenhum habitante sabia ler.

Quando o tradutor disse que eu era brasileiro e morava em Brasília, percebi um brilho nos olhos castanhos de um homem velho. E ele começou a descrever o plano dessa cidade.

Fiquei surpreso.

Mas não tanto quanto ao vê-lo brincar com minha calculadora, fazendo operações. Surpresa maior foi escutá-lo contar a história de deuses que viviam em um subterrâneo perto de Brasília. Pensei que o tradutor estava brincando, extravasando a imaginação.

Não estava.

Continuei o trabalho, entre Sucre, La Paz, São Paulo e Roma, e a atividade me fez esquecer aquele homem falando de deuses que lhe tinham ensinado coisas que ele não poderia saber por si próprio, naquele lugar, no único idioma que falava, sem ler.

Três anos depois fui a Barra do Garças, uma cidade em Mato Grosso, na margem do rio Araguaia, fazer um trabalho no Campus Avançado da Universidade de Brasília. Sua sede era em uma casa construída nos anos da marcha para o Oeste, e que todos diziam ser mal-assombrada. Para evitar o medo de ficar sozinho no quarto, conversava na sala até altas horas da noite. Não esperava escutar, ali, outra vez, a história dos deuses subterrâneos, com os mesmos detalhes que escutara em Chuquisaca, contada, agora, por uma jovem estudante de antropologia.

Ela tinha estudado em Brasília, até: "Cansar da civilização." Fugira do progresso; morava em um povoado de poucos habitantes; mas já se ia. Porque na única loja do lugar comprara uma agulha de costura dentro de uma caixa de plástico onde estava escrito "Made in Korea". Para ela, era o sinal da civilização chegando.

Perguntei para onde fugiria.

— Aos deuses subterrâneos — respondeu.

Antes que eu entendesse o significado da frase, ela começou a descrever os bem-iluminados labirintos onde Eles viviam, ali perto.

Ninguém tem o direito de ser incrédulo duas vezes. Mas, como bom tecnocrata, cioso da própria lucidez, fui capaz de esquecer a conversa daquela noite em Barra do Garças, tanto quanto da anterior em Chuquisaca. Não poderia imaginar o que me aconteceria em 1989.

No começo de dezembro, participei de um seminário sobre o futuro do Brasil, na Universidade de Estocolmo. Na volta, decidi visitar meus amigos Bárbara e Sérgio Paulo, então na Dinamarca. Depois de uma linda viagem por trem, cortando a neve e carregando lembranças da véspera, fui rever a Copenhague onde estivera vinte anos antes, perambulando no meio dos *hippies* que então tomavam conta da Europa. Acompanhado da nostalgia que duas décadas permitem acumular das ações e gestos que nunca mais voltaremos a fazer, entrei em um minúsculo bar ao lado de um porto.

Pedi conhaque, abri sobre a mesa o volume das obras completas de Poe. Quando começava a ler, um homem falou comigo em português. Era como se a voz saísse do próprio livro, e não da mesa em frente. Tinha mais ou menos a minha idade, a barba e o cabelo grisalhos, um cachimbo na boca e um copo na mão.

Apesar da pouca iluminação, percebi olhos vivos e um riso nos lábios. Sem largar o copo, de uma só vez, perguntou se eu era brasileiro, se ainda gostava de jogar xadrez, se tinha ficado satisfeito com o fim da Guerra do Vietnã, quinze anos antes, se ainda estava casado com a mesma loura e se meu nome continuava o mesmo.

Fez uma pausa e disse que eu ficava melhor com as roupas que usava antigamente. Deu uma escandalosa gargalhada. Em inglês, explicou ao garçom que eu tinha um paletó de couro com botões que atacavam pelo lado contrário. Com nostalgia, e surpreso com a memória do homem, lembrei do velho paletó que comprara por um dólar em um mercado de coisas usadas, em Amsterdã. Todos ridicularizavam porque os botões atacavam pelo lado que usam as mulheres.

Depois de um instante perplexo, respondi que tudo continuava como antes. E que ele sabia tudo, menos pronunciar corretamente o meu nome. Riu e se apresentou.

Vinte anos antes, tínhamos viajado juntos de carona, durante uma semana, em um trecho entre Amsterdã e Copenhague e freqüentado os mesmos grupos *hippies*.

Contou-me que, desde então, tinha ocupado diversas funções e trabalhos. Mas descobrira que podia viver do seguro-desemprego. "Sem tomar o lugar de um pai de família", disse. Viajava tanto e da mesma forma que antes fizemos. E contou-me sua viagem ao Brasil. Disse que estivera na região onde vivem os deuses subterrâneos.

Depois saiu, dizendo: "Qualquer dia nos vemos; talvez no Brasil."

Olhei para fora. Em Copenhague, a história repetiu o que ouvi em Chuquisaca e em Barra do Garças. Ainda não era noite, mas já estava escuro. Senti frio, apesar do aquecimento no bar.

Voltei ao livro e percebi mais uma estranha coincidência. Eu lia o conto *O Solar de Usher,* no parágrafo em que Poe descreve um túnel visto por seu hipocondríaco personagem: "imensamente longo e retangular, com paredes baixas, polidas, brancas e sem interrupção ou ornamento. Certos pontos acessórios da composição serviam bem para traduzir a idéia de que essa escavação jazia a uma profundidade excessiva, abaixo da superfície da terra. Não se via qualquer saída em seu vasto percurso, e nenhuma tocha ou qualquer outra fonte artificial de luz era perceptível; e, no entanto, uma efusão de intensos raios se espalhava de uma extremidade à outra. Tudo banhado de um esplendor fantástico e inapropriado".

Fiquei espantado. Além das coincidências, não podia entender como em 1839, exatamente 150 anos antes do momento em que eu estava, Poe descrevera uma realidade incompatível com a técnica de sua época. Nem como em lugares tão distantes, em línguas tão diferentes, em momentos tão imprevisíveis, de pessoas tão estranhas, ouvira descrição tão similar para a morada dos deuses subterrâneos.
Não podia mais deixar de levar a sério aquela história absurda, mas tão generalizada que ganhava direito à veracidade. Decidi escrevê-la.
No entanto, não levei a idéia adiante.
Os trabalhos, as viagens, outros projetos literários foram adiando a quase obrigação de escrever a história dos deuses subterrâneos.
Até que fui a Roma, em 1991.
Vinha de Argel, onde estivera durante os últimos dias da Guerra do Golfo Pérsico, discutindo a violência com que os países ricos violam o direito internacional. Queria aproveitar para rever a cidade, retomar contatos com a FAO e conversar com os amigos Lins e Almeida.
Tomei um dia para mim. Queria estar só, pelas ruas e ruínas dos romanos, conviver e falar a língua do principal habitante dessa cidade: o tempo. Quando começou a chover, tomei o metrô até a estação Otaviano, andei apressado algumas quadras ao lado dos muros do Vaticano e entrei no museu.
Quando cheguei à Capela Sistina, já caminhara quase uma hora pelos riquíssimos corredores do Palácio, olhando ora para as obras expostas, ora, pelas janelas, para os jardins.

Estava muito cansado, e deslumbrado com a beleza das obras, a importância dos artistas, Boticelli, Perugino, Ghirlandaio, além dos grandes Rafael e Michelangelo. Depois da recente restauração, o teto estava como no tempo de Michelangelo. Não menos importante, era ali que, há séculos, os Papas eram escolhidos.

Tudo isso não foi bastante para me fazer esquecer o extremo cansaço. Olhei ao redor procurando espaço no banco que acompanha a parede, rodeando a capela. Não havia um único lugar livre.

Foi quando percebi uma jovem bonita, sentada ao lado dos outros. Olhava para mim como se me conhecesse e se divertisse com a minha situação.

Sem pensar, caminhei em sua direção. Quando cheguei perto, um homem ao seu lado levantou. Olhando para mim, ela pôs a mão sobre o lugar vago, como se me convidasse para sentar. Não deixei que outra pessoa se adiantasse. Apesar da indelicadeza para com muitos outros e mais velhos que ali estavam em pé, adiantei o passo e tomei posse daquele privilegiado lugar. De repente, eu estava sentado, de frente para as figuras pintadas no teto, deslumbrado pelo tema do centro: a Criação do Homem, por Michelangelo.

A imagem de Deus quase tocando o dedo estendido de Adão, transmitindo a energia que o faria deixar de ser barro, não pode deixar de emocionar quem a vê. De imediato, pela visão do original de um quadro de há muito conhecido, através das reproduções que, desde criança, vemos nos livros, nos calendários, nos postais. Depois, pela força da obra, sobre nossas cabeças. Um Adão relaxado sobre a relva de um penhasco, esperando a chama, o raio que viria de Deus para fazê-lo homem. Deus, forte, voando, parece apressado querendo dar origem à sua obra, como se cumprisse uma obrigação.

Apesar da emoção, minha cabeça olhava para o teto pensando na vizinha ao lado. Eu estava ansioso. Sabia que não teria coragem de iniciar qualquer conversa. Muito menos com uma mulher tão bonita e tão jovem. Não sabia ao menos o idioma que falava.

Foi quando ouvi sua voz. Lembrarei sempre, palavra por palavra, dizendo, em inglês:

— Como se explica que Michelangelo tenha pintado Deus vestido com uma túnica branca, translúcida, deixando Adão sem roupa? Não faz sentido. Por que pintou Adão livre e colocou Deus em uma ostra, como uma pequena gruta tirada de uma caverna para ser sua cápsula espacial? Não faz sentido. Por que Deus precisaria ser protegido e apoiado por anjos, dando a impressão de pressa, como se os ares do mundo Lhe fizessem mal; enquanto Adão está deitado, relaxado, sem necessidade de qualquer apoio, confortável e sem urgência? Deus parece estrangeiro ao lugar, inseguro e preocupado. Não faz sentido.

Não respondi. Fiquei olhando para ela, que não desviava os olhos de Deus e Adão pintados no teto. Sem me olhar, ela continuou:

— Michelangelo devia conhecer a história dos deuses subterrâneos.

E desapareceu.

Não acredito em milagres, nem mesmo dentro do Vaticano, sob os olhares de Deus, pintado ou não. Certamente eu estava tão cansado, e tão impactado pelo ambiente, pela obra, por ela, e sobretudo por ter escutado aquilo, que não vi quando levantou e saiu.

Fiquei alguns segundos estarrecido. Depois corri para a saída. Caminhei apressado através da multidão de turistas. Olhando no rosto de cada pessoa, atravessei quilômetros de um inesgotável acervo, séculos de história. Mas não a revi. Nem mesmo quando parado em frente à saída do museu.

Horas depois do fechamento do museu, caminhei na chuva em direção à estação Otaviano. Fui à FAO, de onde me levaram diretamente para o aeroporto, onde tomei o vôo 731 da Varig para o Rio de Janeiro.

A tensão usual nos momentos de viajar, sobretudo voltar do exterior, me fez pensar menos no episódio. Preferi imaginar que tudo não passara de uma invenção de meu inconsciente, forçando escrever a história dos deuses subterrâneos. Já estava convencido disto se não fosse o que ocorreu logo depois.

Eu tinha um bilhete em classe turística. Mas um funcionário da Varig ofereceu um assento que vagara de última hora na primeira classe. Ao meu lado, no assento de número 10A, o viajante era o cardeal do Rio de Janeiro. Para que os incrédulos possam checar ao menos esta parte da história, informo que foi no dia 12 de março de 1991, no vôo 731 da Varig, saindo de Roma para o Rio, às 20:30, passando por Milão.

Fiquei tão assustado ao ver o cardeal naquele avião, ao meu lado, que olhei para trás, esperando ver entrar a moça da manhã no Vaticano. Imaginei que era vítima de um grande complô. Apesar de minha curiosidade e do respeito pelo cardeal, viajei onze horas sem ao menos lhe dirigir a palavra. Escutei-o conversar durante algum tempo com um tripulante. Tive certeza de que em nenhum momento falaram de deuses subterrâneos.

Mas tudo aquilo não podia ser coincidência. Ali mesmo, no conforto exagerado da primeira classe da Varig, nas longas horas de solidão que dão os vôos internacionais, escrevi uma primeira versão de tudo que eu conhecia, por meios tão esquisitos, da história dos deuses subterrâneos.

Em nada mudei minha visão racionalista do mundo. Não faço até hoje concessões ao sobrenatural. Mas, para manter minha honestidade intelectual, sinto-me obrigado a divulgar tudo que ouvi. Fiz algumas pesquisas; atualizei o assunto, acrescentando fatos históricos que complementam e comprovam a história; manipulei a técnica de narração, procurando atrair o leitor. Mas fiquei preso à mesma versão que escutei em tão diferentes lugares do mundo.

Há momentos em que nem sei se ouvi ou se inventei. Só sei que não consegui evitar escrever.

Estive em Chuquisaca, em Barra do Garças, em Copenhague, em Roma, no Vaticano e no avião da Varig, nas datas aqui citadas, fazendo o que acima escrevi.

Não posso garantir mais nada. Muito menos que este livro não seja uma invenção dos deuses subterrâneos, na realização de seus desígnios, para os quais eu teria sido por Eles programado.

Talvez esta seja a melhor prova de que Eles existem.

Parte II

CAPÍTULO 2

Teo

Desde jovem, Teo sabia que era muito tímido e tinha uma grande facilidade para lidar com os andróides.

Desde as primeiras lições de cibernética, aprendera os riscos de os andróides se auto-reproduzirem. Quebrariam o equilíbrio populacional que o Conselho Central tanto cuidava em manter. Conhecia também o risco de um processo de auto e crescente aprendizado levá-los a uma perigosa aliança com o computador central, a que chamavam o Grande Elo.

Quando seu orientador, preocupado com sua timidez e isolamento, recomendou-lhe reduzir a convivência com as máquinas e procurar uma namorada, ele decidiu divertir-se com um andróide.

O orientador sugerira que aproveitasse o direito recentemente obtido de sair à superfície e convidasse uma garota para fazer o passeio. Sugeriu uma jovem de nome Ludd. Passou-lhe o número de seu terminal e lembrou que não demorasse muito tempo na superfície.

Como todos, Teo tinha vontade de ir à superfície, ver o céu, respirar o ar natural. Sabia que seus antepassados viveram na superfície, até o dia em que as radiações ocorreram e mergulharam nos subterrâneos onde construíram A Colônia. Sabia que os passeios à superfície não eram permitidos às crianças, porque as radiações ainda estavam presentes. E os adultos, entre os quais ele começava a ser aceito, não podiam se arriscar por muito tempo.

Mas sua curiosidade era maior do que sua timidez. Contactou seu terminal com o de Ludd. Convidou-a para ir à superfície. Mas preparou um andróide para ir em seu lugar.

CAPÍTULO 3

A Colônia

Todos na Colônia tinham orgulho da Origem: um grupo de cientistas selecionados entre os mais competentes do mundo antigo. Reunidos no Altiplano de um dos grandes continentes da Terra, com a missão de pesquisar o conhecimento que serviria ao futuro do homem: cibernética, informática, microeletrônica, genética, ética.

Vieram de todas as partes. Naquele lugar distante, livres das pressões nacionais e dos riscos de guerra entre seus países, criaram o Centro Internacional de Evolução do Conhecimento a Serviço do Progresso do Homem para o Homem — CIECOS-Phoho.

Construíram casas, laboratórios, montaram o mais potente de todos os computadores então existentes.

O contato com o resto do mundo se fazia por um canal de imagens, e por transporte de mercadorias enquanto a própria Colônia não fosse capaz de se auto-abastecer.

O medo do mundo externo surgiu quando perceberam o risco de guerra entre os povos do mundo. Medo de qualquer que fosse o vencedor, se a guerra ocorresse, eles ficarem prisioneiros, e o saber que geravam servir para um vitorioso.

Decidiram construir um mundo subterrâneo, que ainda não estava pronto quando perceberam que alguma grande tragédia ocorrera.

No começo foi apenas uma hipótese para explicar o fim das comunicações. Depois a constatação de que a radiação crescia a cada dia. Não houve mais dúvida e todos se dedicaram à tarefa urgente de concluir no subterrâneo as condições mínimas para ali viverem. Quando ficaram prontas as unidades de produção de oxigênio e alimentos artificiais a partir das rochas, as quinze mil pessoas mudaram para a nova Colônia, cento e cinqüenta metros sob a superfície. A construção era em círculos, a partir de um ponto central, onde, no nível inferior, um computador, o Grande Elo, servia de base às pesquisas e regulava o funcionamento da sociedade. Depois que entraram, uma imensa parede foi fechada criando-se uma vida autônoma.

Tanto tempo esteve a parede fechada que milênios depois, quando ela foi aberta, poucos se deram ao trabalho de subir. Preferiram continuar suas vidas subterrâneas. Ainda havia radiação que não permitia mais do que algumas horas no exterior. O mundo que teria se formado ao longo de milhares de anos de radiações seria feito de horrendas mutações.

CAPÍTULO 4

O Encontro

Quando Teo mostrou-lhe o retrato de Ludd, ordenando que se encontrasse com ela, o andróide olhou-o assustado, mesmo pensando tratar-se de brincadeira. Teo disse-lhe claramente:

— Marquei um encontro para esta tarde, e quero que vá em meu lugar.

Quando percebeu que era verdade, o andróide perguntou:
— Onde será?

Como se fosse um lugar usual, Teo respondeu:
— Na superfície.

O andróide percebeu que Teo não queria conversar. Perguntou a hora e deu meia-volta.

Teo ainda disse:
— Seu nome será Teo. Seja gentil. Quero que ela goste de mim.

No meio da tarde, o andróide foi à estação de partida. Com emoção subiu ao trem. A viagem foi rápida. No lado de fora, caminhou junto ao grupo em direção ao mirante panorâmico. O espetáculo lembrava filmes.

Estava admirando pela primeira vez uma paisagem natural quando alguém tocou em seu ombro direito.

Era Ludd.

— Você parecia melhor no monitor — disse ela.

E riu.

— E você parece mais bonita ao vivo.

Ele disse, mentindo, porque nunca a tinha visto antes.

Ela comentou sobre a paisagem e lembrou que não tinham muito tempo.

Ele disse que duas horas bastavam.

— É verdade — ela respondeu. — Duas horas bastam.

Seguiram caminhando.

No começo foi incômodo falar como se fosse Teo. Sabia que lá dentro, através dele, por intermédio do Grande Elo, Teo ouvia o que era dito. Certamente, divertia-se com a situação. Falou dos projetos de Teo como se fossem dele.

Logo se acostumou. Já estava gostando da brincadeira e da companhia da moça quando ouviu o grande estrondo.

Ludd tomou um susto, aconchegou-se ao braço dele, que a segurou no momento em que a terra tremia e se movia como se fosse um pântano fluido. O pânico durou um longo tempo, todos correndo em ziguezague em direção ao ponto de onde tinham vindo.

Quando chegaram à entrada da estação que levava para a Colônia, perceberam que o morro havia desabado. A porta estava fechada.

Ludd nada dizia. Alguns pediam calma. Diziam que esperassem; seriam recuperados em breve.

O andróide assustou-se, sabia que não seria possível abrir um túnel antes de muito tempo. E em poucas horas todos os humanos morreriam.

Só ele sobreviveria às radiações.

Não queria ficar só.

Quis falar para Ludd. Viu-a assustada. Morreria antes de qualquer salvação. Preferiu que ela morresse sem saber que tinha sido enganada pelo amigo e ele não passava de um ser artificial. Ficou calado.

Ludd olhou para ele como se quisesse falar. Mas fez silêncio. Caminhou agitada. Depois voltou para onde ele estava e confidenciou:

— Não quero ficar sozinha. Eu sou uma andróide. Meu nome é Eveline. Ludd me mandou para conhecer você.

"Teo" olhou para ela, assustado.

E com voz embargada, em um sussurro, disse:

— Meu nome não é Teo. É Adam.

CAPÍTULO 5

A Cobra

Eveline não entendeu a resposta de Adam. No instante em que falou, um grito avisava a queda de um rapaz no despenhadeiro. Adam desceu para ajudar. O corpo estava destruído pelas pedras e molhado pela água de um córrego. Pensou que as experiências muito esperadas sempre acontecem diferentemente do previsto. Desde quando fabricado, ele pensava a sensação que teria no dia em que tocasse água natural. Não podia imaginar que a água estaria suja com o sangue de um jovem cujo corpo inerte ele teria de carregar.

Ao ver o amigo sendo carregado, uma moça gritou. Estava assustada com uma cobra. Adam lembrou que o animal parecia aquele dos filmes. Ao mesmo tempo era diferente. Assustador. Anos depois, ele lembraria: pela água manteve um fascínio, e pelas cobras, um terror.

À medida que anoitecia, o barulho foi aos poucos diminuindo. O desespero foi crescendo com o silêncio.

Já muito tarde, agarrada a ele, Eveline disse:

— Você não respondeu.

— A quê?
Foi a resposta dele.
— Eu sou uma andróide.
Sem emoção, ele disse:
— Eu também. Já disse, meu nome não é Teo. É Adam.

Ela afastou-se de um salto. Olhou horrorizada. Com medo, sentindo-se desamparada ao lado de um ser igual. Pensou que ele brincava. Olhou ao redor e viu os humanos morrendo. Ele não manifestava qualquer efeito das radiações.
Então ela riu. Muito alto. Como os loucos, os desesperados. Durante muito tempo, ficou em estado de choque.
Depois dormiu.

Quando acordou, Adam percebeu que ao seu lado dormiam diversas pessoas. Era como se sua calma houvesse atraído os mais assustados. Ou então os humanos sabiam que ele era um andróide e confiavam mais na sua lógica, sua frieza e sobretudo seu contato com o Grande Elo.
Mas não podiam saber. Ele era fabricado para ser igual. Quase igual, pensou, lembrando sua inibição sexual.
Olhou para Eveline.
Ficou curioso em saber como seria a verdadeira Ludd. Se teria o gênio de Teo. Pensou nele, lá embaixo. Como teria comunicado o fato às autoridades. Até quando manteriam a ligação dele e de Eveline com o Grande Elo. Quanto tempo duraria até que fossem desligados. Teve medo da morte. Deixaria de pensar. Só isso. E fez seu primeiro gesto impulsivo, como se o Grande Elo já não tivesse todo controle sobre seu comportamento: puxou Eveline para junto de si. Ela aconchegou-se.

Foi nesse instante que viu ao lado três jovens passando as mãos nos cabelos que caíam enroscados aos dedos. Havia uma luz azulada no ar. Olhou ao redor e percebeu os olhos vazios dos que acordavam, e dos que não acordavam também. Pouco depois ouviu todos os gemidos, e viu todas as mortes. Morriam os filhos dos que o fizeram. E teve uma idéia estranha: morriam para que ele vivesse.

Adam tinha consciência de que estava programado para evitar contato emocional com outros andróides. Sabia que seus semelhantes tinham um código de conduta que lhes impedia diversas ações. Sobretudo, reproduzirem-se. Sabia mesmo que isto era impossível e que levaria à auto-eliminação, caso viesse a tentar. Por isso, sentia-se incomodado com o contato de Eveline. Mesmo assim, desejava tê-la por perto. Pensou que era o medo da solidão.

Eveline acordou abraçada a ele. Como se ainda dormisse, murmurou:

— Estou com medo. Eles descobrirão que somos andróides. E nos matarão.

Adam pensou que ela falava dos homens na Colônia. Pensou que levaria algum tempo até alguém perceber no Grande Elo a informação da presença de andróides na superfície. Ou para que Teo comunicasse o fato. Mas Eveline disse que falava dos homens que estavam morrendo. Não perdoariam que eles sobrevivessem.

Adam não havia pensado nisto. Talvez outros também fossem andróides, falou para Eveline. Mas ela foi enfática.

— Não. Todos estão morrendo.

Ele então não teve dúvidas.

— Partamos.

Caminharam do alto do mirante para o rio que passava embaixo. Tomaram a direita pela margem. Subiram outra vez até pequenas montanhas. Aí dormiram. Longamente.

A primeira noite em que sentiram liberdade, sentiram medo. A tênue liberdade que pareciam ter, apesar de todos os seus movimentos controlados de dentro da Colônia, pelo Grande Elo, permitiu a Adam descobrir a esperança. Poderia ser que Teo e Ludd jamais contassem. Que as informações do Grande Elo ficassem apenas gravadas, em um arquivo não solicitado. Ou que os homens decidissem utilizá-los para conhecer o que ocorria na superfície.

De manhã, Eveline disse ter sonhado com animais vivos. Diferentes daqueles que viam nos vídeos do Grande Elo. Eram grandes. Disformes. Alguns agressivos. Adam não comentou. Pensou que teriam que viver com os animais. E viver deles. Começava a ter fome.

Repugnava-o a idéia de comer o que não fosse sintético. Mas não queria morrer. Este era o mais forte de todos os seus sentimentos. Não pedira para ser feito. Não pedira a vida. Nem aquela situação. Temia as dificuldades de sobreviver.

Eveline parecia não pensar na situação. Olhava os pássaros. Ela ria, e ele riu também. Pensou se sua programação previra aquele riso. Teve a sensação de que não. Como se dentro dele alguma coisa estivesse se soltando.

Perguntou se ela não desejava comer. Ela disse que não. Como se nenhuma importância tivesse.

— Acho que precisamos dar nomes a estes animais — respondeu. — Eles são diferentes daqueles que conhecíamos na Colônia. Aqueles eram de antes do Grande Cataclismo.

Adam se surpreendeu. Era a última coisa em que pensaria naquela situação. Mesmo assim atendeu à sugestão.

Foi o momento mais alegre que tiveram, desde sempre. Cansados, deitaram na relva, perto do rio. Olhavam o céu que nunca antes tinham visto. Deslumbravam-se com o mundo. Os dois alegres: Adam preocupado, ela divertida. Durante horas deram nomes aos animais que passavam em frente. Eram muitos; de todos os tipos, especialmente pássaros.

Depois dos pássaros foi a vez das árvores. Enquanto Adam pensava como resolver o problema da fome, Eveline tirou uma fruta da árvore em frente e mordeu-a. Depois ofereceu a Adam. Ele recusou. Tinha o nojo que vem do medo de comida estranha. Perguntou como sabia que não faria mal. Ela disse que o sabor era bom.

Ele disse que esse argumento não bastava.

Ela olhou para o lado, viu uma cobra, enrolada na árvore, apontou para o animal e disse a Adam:

— Aquela cobra disse que é bom.

Adam provou e gostou.

PARTE III

CAPÍTULO 6

O Outro Encontro

Apesar de economista, o professor Hamilton Rives, da Universidade de Brasília, sempre dedicou tempo ao estudo do comportamento humano. Mas, por mais que soubesse como funcionava, menos controle parecia ter sobre si. Era como se quanto mais maduro cientificamente, mais infantil emocionalmente. Com a diferença de que, graças a anos de terapia psicanalítica, usufruía de sua contradição. Aos amigos dizia: "Sou tão lúcido que me deixo perder o juízo sempre que surge um bom motivo."

Foi por perda de juízo que acompanhou uma jovem estudante no longo corredor do edifício principal da universidade. Não se contendo, entrou, junto com ela, na classe de outro professor. E assistiu a uma aula de história sobre os mitos da origem do homem.

Hamilton ficou horrorizado com a forma como o professor, que ele não conhecia, falava de mitos esotéricos como se fossem conhecimento científico. Mesmo assim, fascinado pela jovem aluna, manteve-se atento e até ficou interessado ao ver *slides* de paisagens do Planalto Central, ao redor de Brasília, onde, segundo o estranho conferencista, viviam os deuses que fizeram os homens.

Não se conteve quando viu as projeções de maquetes onde estava representada uma cidade no subsolo daquela região. Alguns *slides* mostravam habitações muito bem iluminadas, e a planta arquitetônica de um complexo de labirintos onde o primeiro homem teria sido fabricado. Outro mostrava homens muito alvos, quase transparentes, que há cinco mil séculos habitariam um grande subterrâneo sob os Andes, tendo uma entrada perto da cidade de Barra do Garças, no estado do Mato Grosso.

Apesar do absurdo, Hamilton foi se envolvendo com a imaginação do professor, perguntando-se quem era ele. E foi isso que, de forma espontânea, perguntou à sua vizinha.

Era uma espécie de guru, convidado para conferência em um curso livre promovido pelo Núcleo de Estudos dos Fenômenos Paranormais.

Hamilton participou da aula, com perguntas despreconceituosas o suficiente para atrair as atenções da jovem, com quem saiu conversando. O assunto era a origem do mito descrito na aula. A aluna enfatizou que o professor não apresentara a história como mito, e sim como uma constatação científica. Ele disse que assim tinha entendido. Mas afirmou que aquela história estava presente na cultura de muitos povos, em diferentes regiões. Era comum entre índios daquela região, mas também do outro lado do Atlântico, na África e entre povos escandinavos. Todos coincidiam na descrição dos subterrâneos, na luminosidade das paredes, na transparência dos homens.

O que incomodava Hamilton não eram os mitos, mas os mitos contados como realidade.

— Não tenho explicação para a generalização de uma história deste tipo — disse. — Mas se as mesmas anedotas são contadas nos mais diversos pontos do universo, e todos riem delas, por que não pode um mito se espalhar rapidamente depois que alguém o criou? Em Goiás, já ouvi essa história contada por um índio.

Saíram juntos, talvez por coincidência. Quando passavam em frente a uma lanchonete, Hamilton convidou-a. Ela aceitou. Pediram dois cafés. Hamilton estranhou o tipo das xícaras novas que estavam utilizando. Retomaram a conversa.

Nesse momento, o conferencista ia passando. Vendo Hamilton e a aluna conversando, sentou e participou da conversa. Ao saber que falavam dos índios da região, disse que esses índios conheciam linguagem de computador. Hamilton riu.

— O que quer dizer com isto?

— Eles brincam fazendo números em sistema binário — respondeu o conferencista. — Manipulam funções, mesmo sem saber o que é. Fazem complexas operações através de relações entre variáveis. E vou dizer mais. Alguns descrevem luz elétrica e plástico sem conhecer eletricidade, nem jamais terem estado em um mundo moderno. Sem terem saído de suas aldeias, descrevem um mundo que nós não conhecemos ainda. Sem qualquer conhecimento de matemática, nem de ábaco, eles fazem programas elegantes sobre a pesca, sobre trajetos de suas caminhadas por dentro da mata.

Hamilton não acreditava em nada daquilo. Mas não queria perder a companhia da jovem, e convidou-os para continuar a conversa, comendo alguma coisa em sua casa ou em um restaurante.

O conferencista, cujo nome era Estevam Barros, disse ter um compromisso. A jovem, embora curiosa de saber o que um professor de economia tinha para falar sobre mitologia, também recusou o convite. Caminharam em direção ao estacionamento.

— Há muito conhece o Estevam? — perguntou Hamilton.

— Conhecia de nome, mas foi a primeira conferência a que assisti.

— Você acredita na história que ele contou?

— Não sei.

— É uma linda história.

— Pode ser. Mas pode ser mais que linda, pode ser verdadeira também.

Hamilton sabia que seu interesse era cada vez menor na estória e mais na jovem. Mas não poderia ir depressa.

— Você conhece mitologia? — perguntou.

— Não muito. Mas também não acredito nas outras explicações. Dos historiadores ou dos religiosos ou dos arqueólogos. São todas igualmente absurdas, e menos bonitas. Prefiro a idéia de um Deus no centro da Terra do que no céu. É mais plausível. No céu sabemos que só há o vazio. No centro da Terra, quem sabe?

Hamilton ficou impressionado. Ela ainda não tinha quase falado, agora fazia um discurso bonito e coerente.

— Além disso, o Estevam esteve lá. Ele não ia mentir — ela completou.

— Você gostaria de ir lá?

Ela riu.

— Eu gostaria. Se fosse com você — ele mesmo apressou-se em responder.

Ela riu, tímida.

— Você não tem tempo.

— Por que você acha?

— Você é professor.

Ele entendeu. Houve um silêncio.

Ele pensou muito se deveria dizer. Depois, olhando para ela, disse:

— Na minha idade, não sei se prefiro ter uma filha ou uma namorada como você.

Ela riu.

— Eu prefiro como está. Melhor pararmos.

— Algum preconceito contra homens mais velhos? — perguntou.

— Não. Contra homens desconhecidos.

Ele riu e propôs:

— Então fiquemos amigos.

Levantando, ela disse:

— Está bem. Vamos deixar o almoço para outro dia. Amanhã venha à aula. O Estevam vai mostrar fotos de ruínas que encontrou na região.

— Ruínas? Ele encontrou ruínas?

— Sim.

Na aula seguinte Hamilton estava presente. Camila também.

Estevam projetou *slides* de uma floresta de arbustos do cerrado. Enormes pedras pareciam jogadas, sem qualquer arrumação. Disse que aquilo era sinal de uma civilização que existira naquele lugar, milênios antes.

Por alguma razão teria desaparecido, se enfronhando no meio da terra.

— Pode ter havido uma guerra. Uma catástrofe qualquer.

— Como você soube disso? — perguntou Hamilton.

— Ouvi do povo.

Hamilton quis rir. Mas nenhum estudante riu. Ele preferiu fazer uma cara séria.

Estevam continuou a aula:

— Muitas mitologias apresentam os deuses no céu. Mas sem qualquer prova. O Deus que veio do centro da Terra deixou suas marcas. É a primeira mitologia que deixou ruínas como prova de existência.

E fez um silêncio dramático. Acompanhado por todos os presentes.

Quando a aula terminou, Hamilton esperou a saída dos alunos e se aproximou de Camila.

— Não posso negar que o Estevam me impressionou. Deu vontade de ir ver estas ruínas. Para desmitificar suas idéias ou me transformar em seu discípulo.

Enquanto andavam, depois de longo tempo sem uma única palavra, ele disse:

— Se eu for? Você aceitaria ir comigo?

Ela riu, olhando-o, espantada e divertida. Não respondeu. Entraram no carro dele. Muito depois, rindo, ela disse:

— Você realmente iria?

— Parece mentira, mas iria. Não por causa dos mitos. Por você.

Ela riu alto e disse em tom de brincadeira:

— Eu iria pelo mito. Não por você.

Depois fez silêncio, olhou para ele e disse:

— Mas você é um mito, para os alunos e as alunas.

E pôs a mão esquerda sobre a mão direita dele, no volante do carro. Aos 45 anos, Hamilton sentiu a alegria de um menino. Sentiu que iria ao inferno, visitar os demônios todos do mundo, quanto mais ao céu, conhecer os deuses de um mito tão bonito.

Três meses depois de ter conhecido Camila e os mitos do professor Estevam, ela aceitou acompanhá-lo, como algo que estivesse previsto.

Hamilton propôs aproveitarem as férias. Marcaram para o dia 1º de julho.

CAPÍTULO 7

Beauvardage

Desde o começo, falaram em uma viagem de trabalho. Mas as semanas de bilhetes, telefonemas e livros trocados, encontros e jantares deixavam prever que não se tratava de estudos. Ainda que fosse uma distância de poucas horas de automóvel, e não mais do que três dias, parecia uma ida ao Oriente. Além disso, os pais de Camila não gostavam do lado esotérico que o "trabalho" apresentava.

Foi isso que facilitou. Hamilton apresentou-se como o anti-Estevam. O lúcido que desmascararia o esoterismo, como ele de fato imaginava ser. O racional que queria provar a falsidade das idéias do influente conferencista esotérico.

Viajaram no domingo. Até Goiânia foram três horas. Aí pararam e passaram o resto da noite. Hamilton recusou a oferta de alojamento na casa de amigos. Insistiu ficar em hotel. Não queria desperdiçar tempo. Ao ver-se na estrada, com uma namorada que quase tinha idade de ser sua filha, ele rejuvenesceu. "Um jovem não teria tido a motivação que tive", pensou.

"A idade é a razão inversa de quantos anos ainda temos. E não a razão direta de quantos já vivemos", continuou a refletir, feliz.

Mas Camila resistia com uma timidez puritana que não era de esperar. Resistia, dando a firme convicção de que viera para realizar pesquisas. Ficou hospedada na casa de uma amiga.

Hamilton não teve outra opção senão, depois do jantar, ir dormir sozinho, no hotel.

No outro dia partiram para Barra do Garças, de onde seguiram para Araguaína. A viagem durou sete horas. Aí não havia escolha, ele disse para Camila:

— Só há uma possibilidade de alojamento.

— E nenhuma testemunha — disse ela.

Ele riu, feliz, entendendo a discrição da amiga diante dos amigos em Goiânia. E ferveu com o contentamento que sente um homem ou uma mulher quando descobre que o outro também quer.

Foram diretamente à modesta pensão de uma senhora de nome Abelarda. Os dois não queriam perder tempo. Ele, com 45 anos, tinha a pressa de ficar na pensão; ela, com 23, tinha a curiosidade de ir conversar com o velho indicado por Estevam. O que tinha o estranhíssimo nome de Beauvardage.

Encontraram-no em casa, um barraco de madeira, coberto com palhas.

Era o final da tarde. O velho estava conversando com algumas crianças. Levantou, deu-lhes um lugar especial. Perguntou por Estevam.

Depois não esperou. Contou o que sabia.

Sentado na esteira, no centro da sala, deixando aos visitantes o privilégio do encosto nas paredes ao redor, o velho

Beauvardage contou aquilo que já contara tantas vezes aos seus vizinhos e visitantes. A história de Adam e Eveline e a história dos deuses subterrâneos que os fizeram.

Apontando com o braço estendido e a mão aberta para seu lado direito, sem olhar na direção, disse:

— Adam foi nosso primeiro pai. Os homens de antes o fizeram do pó da caverna onde viviam e ainda vivem como senhores deuses. Na direção norte. Naquela montanha que o senhor e a senhora vêem ali de lado.

"Ali eles vivem e nos dirigem. Nossos pensamentos vêm de onde eles fazem. Em uma grande máquina branca, com luzes que piscam, de muitas cores. Assim.

E, abrindo e fechando a mão esquerda, indicou como eram as luzes acendendo e apagando.

— Se a máquina parar, os homens param de pensar, minha voz deixa de ser falada. E, se falasse, seus ouvidos não escutariam. Nossas lembranças morrem. Nosso entendimento depende deles. O mundo é maior do que nós vemos. Porque só vemos o que eles querem. Há outro mundo por trás das coisas que aparecem. De vez em quando um de nós vê um pedacinho deste outro mundo. São os que sabem: sábios. Os deuses deixam que eles vejam.

Hamilton, que se considerava um entendido em filosofia, viu naquele discurso, além de um divertido mito, uma mistura de idéias que poderiam ir de Marx a Kierkegaard. E na descrição de um computador, que aquele velho certamente jamais vira, uma grande picaretagem do Estevam, que provavelmente havia trazido revistas que passara ao pobre velho maluco Beauvardage.

— E de quem o senhor ouviu essa história?

Perguntou dando ênfase à grafia da palavra, para que Camila percebesse.

— Meus pais ouviram dos pais deles. Que ouviram de seus pais. Que eram meus avós. Que ouviram dos avós deles. Até o filho de Adam, que ouviu do próprio Adam. Ali, ao lado daquela montanha, onde ele cresceu. Todos os seis mil avós contaram aos seus filhos, que eram pais dos netos. Mas se ninguém tivesse contado a ninguém, ainda assim todos nós saberíamos. Porque está escrito dentro de nós. Na cabeça e no coração de cada um. Basta acender uma luzinha lá dentro do Monte Santo que você passa a saber de tudo.

"Nosso pai Adam contou como ele saiu do Monte Santo. Junto com sua mulher Eveline. E como foram seus primeiros anos aqui fora. Depois de terem vivido lá dentro. No Éden, onde estiveram em companhia dos deuses que lá viviam. E ainda vivem. Quinze mil, eles são.

"Depois de sair, eles ficaram presos aqui fora. Proibidos de voltar porque um terremoto fechou a entrada do Monte Santo. Ele teve medo da morte que antes nem pensava. A mulher foi mais forte. E primeiro encontrou comida, que antes não precisavam procurar ou fazer.

"Ele descobriu que era, quando descobriu que daí a pouco podia não ser.

Nesse momento o velho fez um silêncio. Olhou Hamilton. Parecia perguntar se ele entendia. Depois olhou para Camila, e tudo o mais que falou foi em direção a ela.

— Adam teve de enterrar os homens-deuses que morreram porque o ar da terra era diferente do ar do céu que está dentro da montanha. E depois teve de botar nome em cada bicho e cada fruta. Em cada fonte, em cada rio e montanha ao redor. Depois sentiu-se muito só. Sentou e olhou para Eveline, e ela olhou para ele. Era como se só ali tivessem se conhecido. Como se até então fossem apenas pedaços da Grande Máquina. Fazendo só o que ela queria.

"Eveline falava com os animais. A cobra chegou no primeiro dia e logo conquistou Eveline. A cobra queria que eles saíssem de dentro da Grande Máquina. Que eles fossem parte deste mundo aqui. Não mais parte do mundo lá de dentro da terra. Que vivessem como os animais. Não como os homens-deuses. Nem como os outros homens-pó, que tinham ficado dentro da terra.

"Adam não gostou. Teve medo. Olhou para o Monte. Pensou no seu criador. Um de nome Teo. Mas Eveline riu para ele. E seu riso foi mais forte que a força da Grande Máquina. Ele saiu do pó e por ela virou carne. Depois chorou três dias. Foi assim que se fez um novo rio. Este que o senhor vê passar por ali. Ouvindo o barulho que saía do rio das lágrimas, Eveline aprendeu a cantar. Por ela mesma. Sozinha. Os passarinhos ouviram e aprenderam também. Até hoje não pararam de cantar: nem as mulheres nem os passarinhos. Nem de dançar. Nos dias de festa principalmente.

"Foi o primeiro dia do mundo de Adam. E de todos nós.

"Mas os homens-deuses tinham feito Adam e Eveline para não serem carne. E não terem filhos. Por isso, desde aí, as mulheres têm dores na carne e os homens, no coração. Isto Adam disse depois a seu filho. E a todos nós. E tudo que fazemos é por causa daquele momento. Se Eveline não ouvisse a cobra, Adam teria morrido antes de ter um filho. E aí...

Hamilton olhou para Camila. Extasiada, sentada no chão, com os braços abraçando as pernas, o queixo sobre os joelhos, havia nela alegria e ao mesmo tempo medo. Temendo o impacto do que diria, Hamilton perguntou:

— Há provas disso? Ruínas? Marcas?

O velho olhou para ele, sem curiosidade, sem qualquer emoção, e respondeu:

— Provas? Para quê provas? Mas se o senhor quer... Olhe ao redor. A maior prova somos nós aqui. Como poderíamos estar se não tivesse havido antes Adam? Se o senhor olhar ao redor vai ver todos os bichos com seus nomes, todas as plantas também. E os rios e as pedras. E verá a cobra. E o Monte Santo está ali. Olhe ao redor, que o senhor tudo vê. Que outra verdade deseja?

— Eu quero cavar o morro e encontrar os homens-deuses. A Grande Máquina que o senhor falou.

Hamilton imaginou o efeito que isso provocaria. Não imaginou a indignação de Camila. Menos a reação do velho. Sem qualquer emoção, depois de um silêncio, ele apenas disse:

— Um dia isso vai acontecer. Está escrito. A descoberta da Grande Máquina destruirá todos os descendentes de Adam. Porque o saber mata o aprender. A explicação mata o explicado. A morte de cada mistério faz o mundo menor. E quando um homem chegar à Grande Máquina, o mundo não terá mais o que descobrir. O mundo ficará menor do que o meu punho.

CAPÍTULO 8

O Tijolo dos Deuses

Saíram no começo da noite. Hamilton descrente com a história, mas surpreso com a beleza da fala do velho Beauvardage.

O caminho até a pousada de D. Abelarda era muito escuro, mas ele foi conversando com Camila, que nada dizia. Até perceber que ela chorava.

Surpreso, colocou o braço sobre os ombros da jovem e perguntou por quê. Ela encostou a cabeça sobre o ombro dele e disse:

— Quero ir embora.
— Por quê?
— Porque estamos brincando com coisas divinas, Hamilton.

Ele fez silêncio até chegarem ao povoado. Sofria com a tristeza da amiga, mas via naquilo a chance de uma aproximação.

Sentaram no terraço da pensão. Ele aproveitou para acariciá-la no braço. Tomou-lhe os cabelos e ficou penteando-os com os dedos. De sua cadeira ela aconchegou-se até ele, na cadeira ao lado. Não falou. Cochilou antes do jantar.

Para evitar que ela tirasse a cabeça de seu ombro, durante uma hora não fez um único movimento. Ficou olhando o teto, lembrando a conversa com o velho, as aulas do Estevam, feliz com a presença da amiga. Isso era tudo que bastava. Mas havia mais. Queria descobrir a origem daquelas histórias. Quem teria inventado todo este sem-sentido de uma civilização debaixo dos pés, uma civilização capaz de fazer o próprio homem?

Ela acordou com a noite avançada. Tomaram banho, jantaram e foram até a praça. A pequena cidade tinha duas ruas. No meio delas um pequeno comércio, com as lojinhas fechadas.

Hamilton não resistiu e disse:

— Aqui está o berço da civilização. Estamos passeando sobre as cabeças dos deuses. Aqui embaixo está o Olimpo. Enterrado.

Disse sem ironia. Distraído.

Um rapaz assustou-o.

Tinha entre dezesseis e dezoito anos. Chegou por trás e foi falando enquanto se punha ao lado. Caminhou falando, mas nem ela nem ele entenderam o que dizia. Perguntaram. Ele repetiu. Eles se olharam, surpresos, como se desejassem cada um saber se o outro entendera o mesmo.

— Não quer comprar uma pedra do Céu? — disse o rapaz.

Hamilton ainda perguntou:

— Um meteoro?

O rapaz tirou um pequeno pedaço de barro e disse:

— Não. Um tijolo dos homens-deuses.

Hamilton pediu a pedra, com a raiva de quem é tomado por otário. Viu que era um pedaço de barro.

— Quanto? — perguntou.

Era tão barato que não valia a pena dizer não. Além disso, era uma lembrança. Levantando o pedaço de barro para o alto, disse:

— Devo ser, desde os heróis gregos, o primeiro homem que dá à namorada um presente tirado dos deuses.

Camila riu. Guardou a pedra na bolsa e continuaram o passeio. Depois de poucos passos, não havia nada a fazer salvo voltar à pensão.

Subiram ao quarto. E fizeram amor.

No outro dia esqueceram os deuses. Dedicaram-se a si mesmos. Foram em passeio ver uma chapada que havia nas redondezas.

Quando voltaram, o menino do pedaço de barro estava esperando por eles. Tinha outro pedaço de tijolo dos deuses. Desta vez era um paralelepípedo. Hamilton irritou-se ao ser tomado por um turista idiota, capaz de comprar barro como lembrança de deuses. Ainda disse:

— Não quero. Compro um trovão, um relâmpago, um mar em miniatura ou um vendaval para secar as meias. Coisas que sejam mesmo de Deus. Tijolos, faço eu.

O menino olhou espantado. Camila riu da espirituosidade do amigo. Com pena do garoto, disse:

— É tão barato. Eu levo como lembrança.

— Está certo — disse Hamilton. — Mas diga aos deuses que da próxima vez mandem um vendedor menos humano.

— Como o senhor vai saber se é menos humano? — retrucou o menino. — O senhor nunca viu Deus.

Camila riu. O menino foi embora. De longe, ainda disse:

— Só Deus conhece Deus. O senhor não ia conhecer. E olhe: estes tijolos não são de Deus. São só dos homens antigos que fizeram os homens de hoje. Como a gente.

No outro dia voltaram. Fizeram toda a viagem de uma só vez. Hamilton estava feliz. Camila também. Não deixava de falar sobre a impressão que tivera do velho Beauvardage. Hamilton não desmentia. Também tivera boa impressão. Mas era apenas um mito do Centro-Oeste brasileiro. Certamente de origem indígena.

Camila guardou as lembranças.

No outro dia levou-as para o laboratório do Departamento de Química da Universidade.

PARTE IV

CAPÍTULO 9

A Prova

Dois dias depois, a secretária de Hamilton interrompeu uma reunião e disse que Camila estava ao telefone:

— Parece muito assustada.

Hamilton tomou o telefone.

— Preciso vê-lo agora — disse Camila. — Agora. Agora mesmo.

Hamilton teve um arrepio. Pensou: "Não é possível que esteja grávida. Se estivesse não saberia ainda", pensou.

— Alguma coisa com você? — perguntou.

Ela disse, assustada, como se tivesse medo:

— Não. Não. É sobre as pedras.

Ele fez silêncio. Não entendeu logo.

— Mandei fazer uma análise daqueles tijolos que compramos do menino — disse. — Quero lhe mostrar. Você precisa saber. É urgente.

Marcaram em um bar. Ele ficou contente de ir ao encontro. Não pelos tijolos.

*

Quando chegou, Camila já estava esperando. Ao aproximar-se, ele percebeu a excitação da amiga. Antes de sentar, ouviu:

— Não foi o menino.

No tumulto do bar, ele entendeu "Não foi menino". Mas não compreendeu. Mais perto, escutou a repetição.

— Não foi o menino.

Continuou sem entender. Irritada, ela teve de repetir, enfatizando cada palavra, acrescentando outras:

— Não-foi-o-menino-que-fez-os-tijolos-que-compramos.

— Claro. Ele apenas vendeu — respondeu Hamilton.

Ela ficou ainda mais irritada. Bateu com os pés no chão.

— Não foi ninguém dali que fez aqueles tijolos. Pombas.

— Fique calma. O que está acontecendo?

Ela sentou. Olhou para a mesa. Olhou para ele.

— Eu pedi ao Marcos, um amigo do Departamento de Química, para analisar os tijolos. Hoje ele me deu o resultado. Estava rindo quando cheguei. Perguntou que brincadeira era aquela. Não entendi. Ele disse que os tijolos são da mesma época.

Fez um silêncio.

— E daí? — perguntou ele.

Ela ainda fez silêncio antes de dizer:

— Da mesma época. Mais de meio milhão de anos atrás. É uma peça arqueológica. Vale muito dinheiro.

Ele fez silêncio, olhando para ela.

— Mas tem mais. Ele disse que não sabia que material era aquele. Tinha terra, mas tinha algo estranho. Como se fosse artificial. Uma espécie de plástico, mas que ninguém conhece.

Hamilton riu, balançando a cabeça. Depois disse:

— Está brincando.

— Não, é verdade. Ele falou sério. É um material que ninguém conhece.

— Eu acredito que *ele* não conheça. Com a falta de verbas, duvido que nosso Departamento de Química consiga identificar metade dos materiais que hoje em dia existem no mundo. O que ele está brincando ou mentindo é com esta história de meio milhão de anos. Isso não existe. Há vinte mil anos os homens estavam andando de um lugar para outro. Há quinhentos mil estavam trepados em árvores. A civilização, se assim se pode chamar, tem menos de dez mil anos. Antes disso, não havia nem agricultura, quanto mais tijolo. É o mesmo que dizer que antes de ter homem já tinha tijolo.

— Mas, Hamilton, você não entendeu ainda, puxa. Aquilo foi feito pelos deuses subterrâneos! Nós estamos brincando com coisas sérias.

Hamilton ficou calado. Depois disse:

— Ele deve ter errado.

— Não. Ele disse que mediu com todo cuidado. Levou até para outro medidor de carbono. Todos checaram. É em torno a meio milhão de anos. Ele consultou todos os professores. Até os geólogos. Eles estão atrás de mim. Estão doidos para saber onde consegui aquilo. Não quis dizer aonde fui com você.

Hamilton não respondeu logo. Depois, pediu um chope e disse:

— Se for verdade, o que menos importa é me comprometer por ter viajado com você. Precisamos falar com o Estevam. Não sei se ele vai gostar de saber disso.

— Ele vai gostar.

— Aquele menino já deve ter vendido um prédio inteiro de tijolos para ele.

— É. Mas ele é um desligado. Talvez nunca tenha pensado em fazer um teste químico.

CAPÍTULO 10

Os Nomes

Os amigos já sabiam que Estevam praticava o anticlímax. Mas não imaginaram como ele reagiu à notícia sobre a prova da existência dos deuses de quem ele tanto gostava de falar.

— Mas eu sempre soube disso. Nunca precisei medir.

Foi com esta frase que recebeu as informações que Hamilton apresentou.

Os dois se olharam.

— Estevam, nós estamos falando de provar cientificamente o que você diz há tanto tempo — enfatizou Camila.

— Para quê provas científicas? Eles estão lá e pronto.

Hamilton tomou a palavra:

— Estevam, você já sabe. Todos já sabem. Mas vamos lá. Procurar mais informações. Queremos voltar, e gostaríamos de ir com você.

Estevam demorou a responder. Depois disse:

— Está bem. Se vocês quiserem, tudo bem. Vamos juntos. Mas não vou procurar provas. Isto é ridículo.

— Por quê?

Hamilton e Camila perguntaram ao mesmo tempo, e riram.

— Porque ninguém descobre Deus. É Ele quem descobre a gente. Só os escolhidos por Eles acham o Olimpo. Podemos passear quanto quisermos. Mas não vamos encontrar nada. Absolutamente nada. Quando eles querem, a pessoa é levada lá dentro.

— E volta? — perguntou Camila.

Estevam não escondeu sua irritação:

— Claro que volta. Você acha que é tão gostosinha que os deuses ficarão caídos por você como o professor Hamilton está?

Eles se entreolharam. Esboçaram um sorriso, desses que parecem ter cor: amarelo. Cada um pensou se todos sabiam. Hamilton tentou consertar dizendo:

— Somos amigos. E temos o mesmo interesse: resolver este problema.

Estevam riu. Falaram mais coisas, acertaram como viajariam. Decidiram aproveitar os dias anteriores e posteriores ao dia da Independência. Poderiam ficar cinco dias. Estevam propôs-se mostrar outras coisas esotéricas na região.

Viajaram oito semanas depois.

Quando chegaram, o velho Beauvardage parecia esperar por eles. Não riu para Estevam, não fez qualquer sinal para Hamilton e ignorou a presença de Camila. Os visitantes não disseram para que vieram. Ele retomou a conversa de semanas antes:

— Adam e Eveline tiveram setenta e três filhos; e estes tiveram mil e quinhentos, e fizeram a primeira cidade. Mas a disputa por causa de uma tartaruga espalhou-os em pequenos bandos pelo mundo.

"Cada coisa já tinha seu nome. Por isso passaram a inventar coisas novas para continuar a pôr nomes em cada uma delas. E faziam novos filhos para cada um receber um nome também.

"E acharam que tudo já sabiam. Em vez de nomes, quiseram encontrar a terra de onde saíram. Começaram a cavar um buraco. Perto daqui. Salvo Noé. Em vez do buraco fez uma barca. Quando a chuva chegou, o mundo ficou coberto de um oceano de água doce. Noé saiu com seus filhos e um animal de cada tipo entre todos que Adam e Eveline tinham dado nomes. Durante anos, seu barco era a terra. Até que o Sol voltou, mandado de volta pelos deuses, que de dentro de sua gruta controlam todos os planetas, com a ajuda da máquina branca. Na terra onde estava, Noé atracou.

"Era do outro lado do mundo. As estrelas eram diferentes. Havia dois rios, um de cada lado. No meio construiu sua casa. E os homens voltaram a pisar na terra que os deuses lhes tinham dado.

"Esquecido dos deuses subterrâneos, Noé recomeçou o mundo dos nomes. Depois foram para a Babilônia.

"Assim tem sido a vida dos homens, pondo nome em cada coisa, que para isto é que existimos. Até o dia em que os homens novos se encontrarão com aqueles que os criaram. E todos os nomes desaparecerão. As coisas perderão seus nomes, porque os homens emudecerão, quando a máquina apagar.

Os pesquisadores se entreolharam. O velho fechou os olhos. Estevam, com mais intimidade, perguntou:

— Mestre Beauvardage, que vai acontecer quando os novos encontrarem os antigos?

O velho abriu apenas um dos olhos. Olhou para eles e nada disse. Deixou passar um longo tempo. Com os dois olhos fechados, falou:

— Para saber os nomes das coisas que ainda não foram inventadas, os homens matarão as que já existem.

E dormiu. Ou fez que dormia.

No outro dia foram em direção ao Monte Olimpo. A população não era simpática. Mas um fazendeiro disse que seu deus era dinheiro. Alugou-lhes um jipe. O menino que vendia tijolos foi com eles, contratado como guia.

Quatro horas depois começaram a ver pedaços de pedras que se diferenciavam daquelas da região. Em um ponto no meio do cerrado, o menino mandou que parassem e levou-os, embrenhando-se nos matos. Lá dentro Hamilton tomou um susto. Estevam extasiou-se. Camila deu pulos de alegria e não parava de bater fotos.

Eram ruínas. Suficientes para mostrar que ali teria havido casas, destruídas e engolidas pela mata, mesmo tão raquítica quanto a do cerrado.

Durante horas viram tijolos. Por todos os lados andaram procurando uma entrada, uma caverna. Não encontraram.

Embora não fosse uma região plana, não havia montanhas. Pequenas elevações e uma quase planície seca. Montaram ali as duas tendas de acampamento. Comeram, tomaram café, conversaram muito. Camila disse que não dormiria sozinha e que não se sentiria bem com o garoto desconhecido. Estevam e o garoto dormiram em uma tenda. Hamilton e Camila dormiram na outra. Pela proximidade dos outros, pelos sacos de dormir separados, ou pela proximidade com os deuses, nem ao menos se encostaram.

No outro dia caminharam pelo local. Nada encontraram. Voltaram para Barra do Garças e Brasília. Mas estavam escravizados pela idéia de encontrar os deuses que teriam vivido ali.

Acertaram nada divulgar. Até porque nada tinham encontrado além de mais tijolos. Mas combinaram que fariam pesquisas bibliográficas, conversariam com geógrafos, geólogos, historiadores, e tentariam descobrir o que havia naquele local.

CAPÍTULO 11

Os Deuses

Estevam continuou tratando do seu tema predileto. Camila a viver o romance que tinha a excitação de ser quase segredo e as simplificações de ser quase público. Mas, para Hamilton, o mistério dos deuses subterrâneos tornou-se uma obsessão.

Um dia, soube que um amigo do Instituto de Geociências trabalhava com sensoriamento remoto. Tinha acesso às imagens produzidas pela NASA e sabia interpretá-las. Consultou se os satélites poderiam mostrar coisas subterrâneas. Ouviu que sim. Pediu que observasse a região onde estivera, no Mato Grosso. Marcaram um dia para observarem juntos.

Foi uma tarde de quarta-feira. Ele teve dificuldades em encontrar o local do laboratório da Universidade de Brasília. Chegou atrasado. O amigo já estava manipulando o teclado do computador. Ficou ao lado em silêncio. No monitor apareciam imagens que ele não entendia. O amigo nada dizia.

Esperou algum tempo e disse que não estava entendendo nada. O amigo olhou para ele pela primeira vez e disse:

— Eu também não.

Falou de uma espécie de bolha de um material cuja cor, no monitor, ele não sabia o que representava. Disse que aquilo deveria ser um código secreto dos americanos. Eles não soltavam todas as informações. Ia tentar investigar aos poucos. Mas não poderia nem ao menos falar muito no assunto. Dificultaria seu acesso ao banco de dados. Mostrou, no monitor, a área. "É como se uma fonte de energia existisse a cento e cinqüenta ou duzentos metros de profundidade. Nunca vi isso antes." Durante algum tempo, consultou manuais, mas nada encontrou.

Hamilton disse que não se preocupasse. Mas ele próprio não conseguiu esquecer.

Desta vez não comunicou nem mesmo a Camila. Sem dar explicações, partiu sozinho.

Procurou o menino dos tijolos, que se chamava Pedro, e voltou ao local do Monte Santo. No primeiro dia ele andou, recolheu material. Mas foi no ponto mais alto, onde o velho Beauvardage disse estar o "vistadouro", que encontrou as colunas caídas no chão. Estavam destruídas pela vegetação, mas mostravam ter existido como uma construção.

Foi o suficiente para lembrar de Estevam e de Camila. Sentou; com um lenço, limpou o suor da testa.

Antes mesmo de perceber que Pedro havia desaparecido de junto dele, ao olhar para o lado Hamilton viu o homem. Se é que poderia chamá-lo assim.

Seu primeiro susto foi ver alguém ali naquele lugar. Como se tivesse sido surpreendido fazendo uma travessura. Depois foi pelo tipo do homem. Não era apenas branco. Era translúcido. A pele era transparente. Não era apenas magro. Era quase plano.

Através da pele do rosto via-se toda a rede de vasos sangüíneos e até a própria carne viva, pálida, do interior. Por suas narinas, via-se o interior do nariz. A cabeça era grande, e sem cabelos. Tinha uma arcada que dava a impressão de escultura em louça. Não ria. Mas não inspirava hostilidade. Vestia-se com uma túnica branca, absolutamente limpa, de um material que refletia parte da luz. Demorou um instante até falar:

— Bem-vindo. Há muito o esperávamos.

Hamilton olhou ao redor e perguntou por Pedro.

— Está bem. Está bem. Não se preocupe.

Tremendo, ele fez a pergunta para a qual conhecia a resposta.

— Quem é o senhor? — falou como se o esse fosse maiúsculo.

O homem demorou a responder. Depois disse:

— O que quer que eu responda?

Houve um silêncio. O homem continuou:

— Eu sou quem você procura.

— O senhor é Teo?

O homem riu.

— Não. Eu sou aquele que você busca com tanto empenho. Teo morreu há muitos milhares de anos.

Hamilton voltou a sentar, para não cair.

— Você nos busca, mas nós também o esperávamos. Nós precisamos do senhor.

— De mim?

Houve um silêncio.

— Sim. Do senhor. É uma história longa. Tenho a missão de convidá-lo para o interior. Para conhecer onde vivemos.

Hamilton pensou em fugir. Pensou empurrar o homem, que parecia frágil. Lembrou, rapidamente, que não era a primeira vez que fugia quando a ele se oferecia a chance que buscava. Talvez fosse medo de enfrentar a hora em que se apresentava o desafio, ou medo da decepção, ao conseguir o que buscava. Lembrou de Camila. Buscara os deuses como pretexto para conquistá-la. Quando conseguira o objeto do desejo, fugira dela, procurando os deuses. E agora que os deuses lhe eram oferecidos, ele lembrava dela; fugia para ela, como desculpa para não conhecer o Éden.

Mas percebeu que dessa vez não conseguiria. O convite gentil era uma ordem.

No caminho, o homem, que disse se chamar Raul, contou-lhe como eles tinham estado lacrados dentro do Éden por muitos e muitos séculos, desde o dia em que Adam saíra e o terremoto fechara a entrada.

— Ao todo, já estamos lá dentro há meio milhão de anos. Trezentos mil antes e duzentos mil depois da saída de Adam.

Nos últimos cinqüenta anos, tinham saído outra vez. Fizeram nova abertura e um novo túnel. Queriam um contato com os homens que eles fizeram. Ia dizendo estas coisas enquanto entravam no túnel. Um túnel fino e ovalado, com um comprimento que parecia não terminar; nem ir muito longe. Tão iluminado que não provocava claustrofobia. Depois de caminharem algum tempo, iniciaram um longo percurso sentados em dois bancos presos a uma espécie de esteira rolante. Mesmo que as paredes lisas não lhe dessem a sensação de velocidade, Hamilton sentia que realizava uma longa descida.

Finalmente o assento duplo parou. Chegaram a uma pequena sala. Logo depois, não soube se uma porta se abriu ou luzes foram acendidas, viu-se em uma grande sala, toda branca, com uma dezena de pessoas em pé, olhando-o. Todos com a mesma pele transparente, idênticas túnicas brancas.

Sentiu-se só em um palco. Foi preciso Raul tocar-lhe no braço, dizendo:

— Não tenha medo. Avance. São amigos. Estão curiosos.

Hamilton avançou, e os demais também. Um deles aproximou-se e disse:

— Seja bem-vindo.

Hamilton, com medo, gaguejou:

— Que querem de mim?

Os homens se olharam. Talvez estranhando que ele falasse. Talvez surpreendidos com o visível constrangimento do visitante.

Houve um silêncio, e o homem que tinha se aproximado disse:

— Precisamos de sua ajuda.

— Que ajuda?

Os homens se entreolharam. Pareciam pensar se deviam dizer.

— Depois. Primeiro queremos que nos conheça. Vai ter o tempo que desejar para conhecer o Éden. Depois seremos nós que desejaremos que você volte à superfície. Precisamos de você lá fora.

Em vez de acalmá-lo, isso o assustou ainda mais. Se tudo aquilo fosse verdade, se não fosse um sonho louco, aqueles homens de branco, translúcidos, eram deuses. Os criadores de Adam. Eles poderiam fazer qualquer coisa com ele. "Para eles, não passo de um robô. Vão me refabricar e usar-me para o que quiserem." Outra vez pensou em fugir. Logo viu o ridículo da idéia. Olhou para o lado. De alguma forma o medo passou.

CAPÍTULO 12

A Revolta

Hamilton foi levado para ver o espaço onde há meio milhão de anos viviam quinze mil pessoas. "Ou deuses", pensou. Raul era o cicerone. Os outros acompanhavam, curiosos.

— Naquele lado está o cubículo onde viveu Teo. O responsável por tudo, juntamente com Ludd.

— Ela também já morreu? — perguntou Hamilton.

— Também. Projetamos vocês para viverem menos do que nós, mas não somos eternos. Cada um de nós tem um limite também. Desde que estamos aqui, tivemos quinhentas gerações.

Hamilton fez as contas: cada um viveria em média mil anos.

— O quarto de onde ele induziu Adam está intacto. Foi um erro o que ele fez. Mas não foi punido. O erro maior foi depois. Outros erraram mais do que ele.

— Onde fabricam homens?

Os acompanhantes riram.

— Não se consegue fazer homens — disse um deles. — Adam era um andróide.

— Onde fabricam os andróides? — continuou Hamilton.

Desta vez fizeram silêncio, constrangidos.

— Logo depois que Adam ficou preso no exterior — falou Raul —, os andróides começaram a reclamar. Não aceitaram que deixássemos Adam e Eveline morrerem lá fora, desconectados do Grande Elo.

Hamilton teve um choque ao escutar referências ao Grande Elo. Lembrou das descrições de Estevam, da expressão usada pelo velho Beauvardage.

— Dissemos-lhes que eram os nossos que morreriam. Adam e Eveline sobreviveriam. Foi isso que mais os irritou. O sofrimento de sobreviverem até a morte num mundo hostil, para o qual não estavam preparados. Tivemos de reprogramar um por um todos os andróides para que esquecessem que Adam e Eveline existiam. Eles reclamaram da operação.

"Foi quando houve a revolta. Queriam viver tanto quanto nós. Durante dias nos ameaçaram. Chegaram a ocupar algumas alas da Colônia. Por pouco não chegaram ao Grande Elo. Iriam reprogramar suas células e controlar a Colônia.

Hamilton sentiu-se do lado dos andróides; mesmo que os Outros fossem os seus criadores. Teve medo de que lessem seus pensamentos. Era uma luta de seus irmãos contra os deuses.

— Os andróides chegaram até a sala anterior ao Grande Elo e ameaçaram o responsável. De nome Tubb. Ele era o único que naquele instante tinha o código de acesso. Resistiu até morrer. Mais adiante passaremos no cubículo onde ele viveu.

"Os revoltosos foram desligados. Mas alguns conseguiram ficar independentes do Grande Elo. Foi necessário encontrar um por um. Isolá-los e destruí-los. Queimamos todos os corpos. Muitos ainda estavam vivos quando foram jogados no forno de incineração. Ao saberem disso, os que não tinham se rebelado assumiram um ódio contra todos nós. Criaram o mito de que andróides não morreriam. Queimariam eternamente no fogo. E conseguiriam uma forma de comunicação com Adam e Eveline. Usariam esta força para atraí-los contra nós.

"Decidimos parar de fabricar andróides. Mantivemos apenas alguns. Foram revistos, reprogramados para a docilidade, para o servilismo. Em compensação, ganharam o direito de viver tanto quanto nós. Para o trabalho, optamos por máquinas mecânicas. Em nada parecidas conosco. Feitas em metal, sem locomoção nem possibilidade de pensar.

CAPÍTULO 13

A Procura

Camila ficou uma tarde em frente ao apartamento de Hamilton. Ele não apareceu. Voltou à noite, não estava. Ligou dezenas de vezes, ele não respondeu. Procurou amigos comuns, nada sabiam. Sem dizer quem era, chegou a ligar para a ex-mulher, temendo encontrá-lo por lá. Ouviu um "não sei, nem me interessa".

Dois dias depois, conseguiu convencer amigos a entrarem no apartamento. Foram com a polícia e os bombeiros. Para susto e curiosidade dos vizinhos. Um curioso disse: "Com o salário que a universidade paga, o professor morreu de fome." Camila entrou. Temia não o encontrar e, ainda mais, encontrá-lo. Um dos amigos disse que tinha estado com a ex-mulher, que dissera: "Vocês não conhecem este cara. Some. Até você encher o saco e sumir também. Aí é ele quem reclama. Deve estar em Madagascar. Se eu fosse vocês, defendia uma lei de divórcio para amigos."

Ao entrarem no apartamento, um dos amigos assustou a todos falando em mau cheiro. O apartamento parecia vazio. Em silêncio, foram ao quarto. Não havia ninguém; salvo uma tremenda bagunça. O amigo lembrou o que dissera a ex-mulher: "Já sei o que encontrarão no apartamento: uma grande bagunça. Isto já será a presença dele."

O mau cheiro estava na cozinha. Era o lixo.

Camila saiu com Estevam, os dois calados. De repente ela disse:

— Ele foi para o Olimpo.

Estevam olhou-a espantado. Riu com descrédito. Como se dissesse: "O Éden é meu. Ele não se atreveria a ir sozinho."

Mas lembrou da imprevisibilidade que em pouco tempo de conhecimento percebera em Hamilton. Pensou: "Ele fez isso para impressionar a Camila." Riu para ela e disse:

— Vamos localizá-lo. Pelo visto ele tocou você, hein? Quando ele souber, volta. Tenho certeza.

Passaram parte da tarde ao telefone e descobriram que ele tinha alugado o jipe do fazendeiro.

— Vou para o Olimpo. Quero estar com ele — disse Camila.

Estevam pensou em dizer que iria também. Mas lembrou de sua aula de yoga: "Não sou irresponsável como este cretino. Nem tenho uma menina tão interessante para impressionar."

Os pais tentaram impedir. Não conseguiram. Três amigas vieram à noite. Nada conseguiram. Partiu no dia seguinte.

Foi de ônibus. Depois conseguiu uma carona com um amigo que Estevam indicara.

Hamilton não estava, mas passara por lá. Soube que ele e Pedro tinham partido para o Monte. Só lhe restava esperar. Decidiu que esperaria um dia. Depois procuraria a polícia.

CAPÍTULO 14

A Língua

Hamilton lembrou de fazer uma pergunta que o incomodava desde que encontrara, lá fora, aquele estranho homem transparente:

— Como é que vocês aprenderam a falar minha língua?

O homem olhou, entre divertido e sem entender. Demorou para responder:

— Eu não falo sua língua — disse, afinal.

Fez um curto silêncio e continuou:

— É você que fala a minha. Da mesma maneira que vocês falam com os computadores.

Outro curto silêncio.

— A linguagem de vocês é a linguagem do Grande Elo. Com o tempo que ficaram na superfície, surgiram distúrbios e defeitos que provocaram o surgimento de modulações e sons diferentes para indicar uma mesma coisa e um mesmo sentido. Por isso vocês não se entendem entre si. Aparentam línguas diferentes. Mas são apenas pequenas variações de uma mesma lógica básica. É como um mesmo texto de vocês, com mais ou menos vírgulas e pontos. Se nós sabemos como programar e ler o Grande Elo, podemos ler e compreender qualquer língua que vocês falam.

"Uma das coisas que nos surpreendem é a capacidade de vocês se adaptarem aos defeitos que surgiram com o tempo. Criando traduções de uma variação lingüística para outra, já que não conseguem consertar o cérebro.

"Muito antes de o domínio biológico permitir a produção de andróides como vocês, já era possível entender o funcionamento da articulação que permite a linguagem. Optamos por ligar o sistema cerebral de cada andróide ao Grande Elo. Além de simplificar o processo de aprendizagem, estariam sempre sob nosso controle. Quando conversávamos com um andróide, era sempre através do Grande Elo. Os impulsos vão e voltam, como os satélites de vocês. Os sinais se transformavam na consciência do fato e em uma resposta vocalizada. Cada andróide aprendia a falar no dia em que era fabricado. Só não tinha ainda o vocabulário, que recebia do Grande Elo.

"Adam e Eveline se comunicavam entre si através do Grande Elo. Nós ouvimos todos os diálogos do que vocês chamam os primeiros homens. Que na verdade seriam os últimos andróides. Temos os diálogos gravados.

Hamilton voltou à sensação de sonho. Não era possível que aquilo fosse verdade. Debaixo da terra, um homem translúcido dizendo que guardara em gravações as primeiras conversas de Adão e Eva quando foram expulsos do Éden. O homem continuava falando enquanto andavam pelo longo corredor branco.

— Quando Adam e Eveline manifestaram desejos sexuais, o Grande Elo por pouco não os destruiu automaticamente. Mas prevaleceu a idéia de que lá fora, sozinhos, nada fariam contra nós. E foi decidido que seriam usados como observadores do mundo externo, até morrerem. Assim sobreviveram. Vou mostrar como aconteceu.

Nesse momento, Hamilton teve um pequeno desmaio.

CAPÍTULO 15

Os Desaparecidos

Camila ficou na pensão de D. Abelarda. Não havia nada para fazer. Não prestava atenção ao que falavam. Passara dezenas de vezes pelas mesmas ruas, pelas mesmas esquinas. Não havia notícias de Hamilton, salvo que alugara o jipe e partira com Pedro.

No segundo dia, não resistiu e foi à polícia. Contou que seu amigo tinha seguido para o Monte Olimpo e ela queria ir atrás dele. O guarda não entendeu nada. Foram juntos à casa de um delegado, mas ele estava dormindo. Quando acordou, entendeu dizer que tinha havido um seqüestro. Demorou até perceber que não era assim. Mandou que ela esperasse:

— Seu amigo vai aparecer. Ninguém se perde no Monte Santo. Estou aqui há vinte anos e já vi muitas pessoas ficarem dois, três, até mais dias fora de circulação. Até que aparecem de novo. Felizes e contentes. Fique quieta que seu namorado aparece.

— Não é namorado. É amigo.

— Está bem. Os amigos também reaparecem. Os maridos é que às vezes somem de vez.

Ela voltou à pensão, mas não ficou tranqüila. Tentou dormir em uma rede no terraço, mas não conseguiu. Tentou ler. Não conseguiu. Saiu. Foi ao posto telefônico e ligou para Estevam. Nenhuma notícia de Hamilton. Beauvardage dissera que Hamilton estava com os deuses, embaixo da terra. Ela estava preocupada. Muito preocupada. Do outro lado da linha, ele riu.

— Corneada por deuses — disse.

Ela desligou bruscamente e ficou olhando para o aparelho, ao lado de uma funcionária que fazia crochê e que, sem levantar os olhos, disse:

— Dona, não se preocupe. Se seu homem foi para o Monte Santo e desapareceu, toda sorte vai acontecer com ele agora. É isso que se diz. É verdade. Meu cunhado também desapareceu um dia. Voltou três depois. Agora está rico em Rondônia.

Por falta do que fazer, e pela esperança que a funcionária trouxe, Camila sentou e ouviu histórias do lugar, sobre os desaparecidos de Monte Santo.

A funcionária citou muitos nomes:

— Sobretudo gringos. Chegam, desaparecem durante dois dias. Voltam felizes, contentes. Todos que desapareceram foram embora e ficaram ricos depois. Todos ficaram ricos.

— E o que eles contam?

— Nada. Nadinha. Não lembram de nada. Dizem até que é brincadeira dos amigos. Que não desapareceram coisa nenhuma. Que estavam sempre ali. Nenhum lembra de nada.

CAPÍTULO 16

O Livróide

O acompanhante levou Hamilton a uma pequena sala. Apertou alguns botões e na parede em frente apareceram imagens: era uma mesa; ao redor, sentados, cinco homens translúcidos, com roupas idênticas às de seu acompanhante. Ouvia-se uma voz. Hamilton não entendia o que dizia. Olhou para o lado pedindo apoio e explicação. O acompanhante entendeu. Agarrou uma espécie de fone de ouvido, pôs nos ouvidos de Hamilton, apertou outros botões e apontou para as imagens.

Os cinco homens em torno da mesa escutavam um diálogo transmitido por algum sistema de som. Era uma gravação do tempo em que houve o terremoto. Hamilton também escutou:

— Não podemos. Se fizermos, morreremos. Temos de sobreviver até que nos levem de volta.

Uma outra voz apareceu dizendo:

— Eles não sabem como fazer, e não precisam nos levar de volta.

— Não devemos.

— Se tivermos de morrer, morreremos fazendo o que nossa curiosidade manda.

Hamilton teve um acesso de choro. Se estava acordado, se estava lúcido, ele ouvia uma gravação da conversa de Adão e Eva. Teve uma sensação de consciência da própria loucura. Retirou o fone, e o som parou. Olhou a imagem sem som dos homens translúcidos. Repôs o fone e o diálogo continuou, com a voz fina dizendo:

— ...tentar.

A outra voz disse:

— É muito arriscado.

— Tanto quanto não tentar, Adam.

Houve um silêncio. Um homem apareceu no vídeo, apertou um botão. As vozes pararam. O homem disse aos outros:

— É preciso parar com isso. Ela está quase conseguindo convencê-lo. Por que deixá-los? Os nossos já morreram.

Outra voz saiu do lado direito da tela. Parecia a voz de Eveline, mas era uma pessoa que aparecia no vídeo.

— É absurdo. Estamos perguntando por que salvá-los, quando a pergunta deveria ser por que desconectá-los. Vamos observá-los. O que perdemos? Nada podem fazer contra nós. Podemos aprender muito. Não apenas do ponto de vista do comportamento deles, como também da potencialidade dos mecanismos inibidores. Podemos saber se não falham, mesmo sem nossa presença. Ou onde e como falham. Tornar os sistemas de controle mais perfeitos. Não há por que parar antes de observar.

Outra voz falou, no centro:

— Chequei todos os circuitos. Estão perfeitos. Não há qualquer possibilidade de serem contornados.

*

O acompanhante de Hamilton riu.

— Nunca nos cansamos de ver e ouvir esta gravação — disse. — Ela mostra a fragilidade de nossos sábios. Os deuses, como vocês nos chamam, fomos incapazes de prever o que ocorreria. Com que pedantismo e arrogância dizíamos "os controles estão perfeitos". Aqueles sentados fora da mesa são Teo e Ludd.

Hamilton sentiu outra emoção. Estava assistindo aos deuses deixando que o homem se fizesse. Vendo os responsáveis por aquele ato de criação: dois adolescentes, tímidos e inconseqüentes, que não previram um terremoto. Perdeu parte da conversa tentando imaginar o que os dois pensariam. Teve a impressão de que Teo estava assustado, e Ludd, divertida e feliz.

A voz fina voltou a falar:

— Creio que deveríamos ser mais inteligentes. Sugiro não apenas deixá-los vivos como retirar os bloqueios sexuais. Vamos ver o que acontece?

Houve um silêncio. Um dos presentes disse:

— Como podemos deixar que isso aconteça? Imagine que funcione. Que tenham filhos, um, dois, três, milhões. Um dia poderão nos ameaçar.

Todos riram.

— Ridículo.

— Não é ridículo. Nossa segurança está em jogo.

— Nossa segurança em jogo por causa de dois andróides abandonados sobre a superfície radioativa da Terra? Ridículo. Achar que dois andróides vão ameaçar a Colônia.

— Eu não falo em anos. Falo em séculos, milhares de anos, milhões de anos. Aqueles dois indefesos podem dar origem a nova civilização.

— De andróides?!

Muitos riram.

— Não importa. Eles não saberão que são andróides. E talvez venham a ter mais sucesso do que nós, que os fabricamos, eliminando muitos de nossos defeitos. Resistentes ao ar envenenado da Terra. Conhecendo nossos labirintos. Sabendo do Grande Elo. Quererão saber como foram criados. Vão lembrar da Colônia. Sentirão a tentação de serem iguais a nós. Tentarão vir até aqui.

— Quero ouvir a opinião de Burt. Ninguém aqui conhece melhor que ele os limites dos mecanismos de repressão e inibição dos andróides.

Um translúcido olhou ao redor e falou em tom muito baixo. Foi preciso que o acompanhante movesse alguns botões para que Hamilton pudesse ouvir.

— Os bloqueios não falham.

O acompanhante fez um movimento de cabeça. O homem continuava falando.

— Mas se falharem, o Grande Elo os desconectará automaticamente. E se não desconectar, tenho certeza de que Eveline não poderá ter filhos.

— Como não tem finalidade, o útero das andróides é muito mais estreito do que nas humanas, da Colônia. Por isso fizemos o bloqueio sexual nos andróides machos mais intenso. Nas fêmeas o pavor do parto já é quase suficiente. Os andróides machos não resistirão ao bloqueio, e as fêmeas não resistirão ao parto.

E fez silêncio. E o silêncio durou. Um outro perguntou:

— Mesmo assim, insisto: e se por acaso falhar?

O homem voltou a falar.

— Não é possível.

— Muito bem. Mas se acontecer?

— Muito bem. Se acontecer, se falharem os sistemas de inibição, de autodestruição, de impedimento de parto, os filhos que nascerem serão débeis mentais, porque não estarão conectados ao Grande Elo.

Neste momento o silêncio foi mais longo que todos os outros. O que parecia ser o coordenador disse:

— Muito bem. Deixemos ver o que acontece. Mas quero relatórios constantes. Não deixem que isto saia do nosso controle.

Hamilton então perguntou:

— E depois?

— Percebia-se mais solidão do que desejo — respondeu o acompanhante. — Especialmente do lado de Adam, que sofria os fortes efeitos inibidores em sua programação. Algum tempo depois, tiveram a primeira relação sexual.

— De amor! — exclamou Hamilton.

— Pode ser. Acompanhamos o longo processo. Temos gravado. Aproximavam-se quando tinham medo do desconhecido ao redor, sobretudo à noite. Durante os dias, lutavam pela sobrevivência, aprendendo a comer o que não conheciam. Errando e sofrendo o mau funcionamento de suas máquinas despreparadas para aquela luta e aqueles alimentos. Pondo nomes em plantas e animais, que o Grande Elo logo registrava e os informava de volta. À noite temiam o desconhecido. As feras, a chuva, as intempéries, a lua e as estrelas. Apesar de tudo que tinham aprendido na Colônia, a cada noite duvidavam se o sol voltaria a nascer. Ficavam cada vez mais juntos. Eveline insistia em uma aproximação mais íntima. Às vezes dizia: "Façamos como os humanos"; outras: "Façamos como os animais." Ao que Adam respondia: "Nós não somos um nem outro! Somos feitos à imagem e semelhança dos humanos, mas eles são superiores. Os animais são inferiores. Não devemos imitar uns nem outros."

O acompanhante passou a recitar a conversa gravada pelo Grande Elo. De tanto ouvi-la, sabia-a decorada.

— "Adam, não podemos ser nada. Somos humanos ou somos animais. Ou as duas coisas. Já não somos andróides. Podemos escolher um e outro, ou ambos. Não comemos os produtos que os humanos nos fornecem. Tiramos nossa comida do chão, como os outros animais. Mas não somos animais apenas. Somos nós que lhes damos nomes."

"Mas podemos morrer se fizermos o que você propõe."

"Vamos morrer de qualquer forma. Seu corpo e o meu foram feitos para viver menos do que os humanos. Viveremos como e tanto quanto os animais. Melhor do que ser desligados. E já estamos livres da Colônia. Só não morreremos se nos reproduzirmos."

"Isto deve estar vindo do Grande Elo. Eles querem nos experimentar."

"Eu quero me experimentar."

"Você foi fabricada para não ter filhos. Morrerá se tentar. Não é humana nem animal."

"Morrerei de todas as formas. Prefiro experimentar. Quero ser humana e quero ser animal."

"Mas doerá."

"Será o meu preço. Para provar, nenhuma dor é demasiada. Para não poder provar, nenhuma compensação vale a pena."

O acompanhante disse que ainda não tinha sido daquela vez:

— Aconteceu sem palavras. Os cientistas nem perceberam. Não houve diálogo, nem convencimento. O Grande Elo só registrou modificações no encefalograma e no eletrocardiograma dos dois.

"Mas, a partir daquele momento, os diálogos mudaram. Adam parecia menos preocupado com o Grande Elo. 'Mais humano', alguém disse na época.

"O que se imagina é que ele descobriu que não morreria. E que era parte de Eveline, que era parte dele.

"Meses depois, para surpresa de todos, o Grande Elo apresentou indicações de que Eveline estaria grávida. O Grande Elo não estava preparado. Os cientistas não acreditaram. Os dirigentes se preocuparam. Em uma longa reunião discutiram a desconexão de ambos. Você pode assistir a essa reunião.

Hamilton assistiu atônito e emocionado. A reunião discutia se seria permitido nascer o primeiro filho de Adam e Eveline. Era como se assistisse a um debate para decidir abortar o nascimento de seu avô.

— Se os bloqueios falharam, quem garante que o andróide morrerá no parto?

— É impossível uma cabeça de criança que não seja muito precoce passar através do tubo. E, se passar, será um débil mental, sem conexão com o Grande Elo.

— E se não for?

— Se não for, desconectaremos os dois. O filho morrerá sozinho. Será comido pelas feras.

— E se for humano?

— É. E se for humano? — repetiu, rindo, o cientista.
Mas o outro retrucou:

— Eu falei sério.

— Não acredito que você imagine que de dois andróides possa nascer um humano.

O chanceler mandou fazer silêncio.

— Eu não falo no filho ser humano. Eu falo no andróide ser humano. Ao dar à luz, eles dois, pai e mãe, se fazem humanos como nós. Afinal, o que nos diferencia deles? Salvo sermos capazes de ter filhos?

— Nós criamos máquinas.

— Nove meses depois, através de enormes dores que foram acompanhadas pelo Grande Elo durante dias seguidos, nasceu o filho de Eveline. Você pode assistir aos sons gravados naqueles dias. É monótono. Dura dias.

Hamilton estava no momento máximo de sua excitação. Conseguiu dizer:

— Eu não quero escutar as dores de Eveline. Quero escutar o choro ao nascer do primeiro homem.

— Não ouvimos seu choro. Ele nasceu desconectado, como previram os cientistas.

CAPÍTULO 17

Uma Pista

No terceiro dia, Camila conseguiu um carro que a levasse até o Monte Santo. Durante horas não disse uma única palavra ao filho do fazendeiro que alugara o carro a Hamilton e agora a conduzia, mais interessado naquela menina da cidade do que em mais um desaparecido no Monte Santo.

Todo o tempo ela dedicava a esquadrinhar os dois lados da estrada.

Encontraram o jipe no mesmo lugar onde antes ela também tinha ido. Estava estacionado, fechado, como se Hamilton e Pedro tivessem saído e não regressado. Durante horas estiveram andando, olhando pelo chão na procura dos corpos, gritando os nomes e parando para ouvir uma resposta.

O filho do fazendeiro disse que não era a primeira vez que ocorria desaparecimento, depois eles voltariam:

— A não ser que foi cobra ou onça.

Camila disse:

— Pára com isto.

Ela não imaginara que ficaria tão envolvida com o assunto. Temia pela morte do amigo. Gostava de suas conversas, de suas histórias de vida, de seus relatos de viagens. Gostava sobretudo do lado sensível que ele escondia dos amigos. Gostava também de lembrar do lado erótico e às vezes obsceno que assumia. "Quando perdia o controle", como dizia.

O que mais a incomodava era o sentimento de culpa pelo desaparecimento do amigo. Por ela, ele entrara na aula do Estevam. Por ela, sem acreditar, viera a primeira vez até ali. Por ela, ainda que sem ela, ali desaparecera.

Na volta, ela chorava tanto que o filho do fazendeiro desistiu de qualquer aproximação. Deixou-a na pensão de D. Abelarda. Ainda chorava.

CAPÍTULO 18

O Outro Grande Elo

O homem-deus desligou o vídeo e continuou a contar a história de Adam.

— Depois dos gritos de Eveline, acharam que o filho tinha morrido, porque não se ouvia choro. Houve um alívio. Ainda que os cientistas errassem na possibilidade do nascimento, parecia certa a opinião de que nasceria desligado do Grande Elo. Seria uma pequena máquina idiotizada.

"Alguns anos mais tarde, quando as vidas de Eveline e Adam só interessavam a um pequeno grupo de cientistas, depois que alguns outros filhos nasceram, todos desligados, sem inteligência nem comunicação, os observadores perceberam o que não esperavam: os pequenos andróides desligados falavam.

"Durante anos, tinham sido gravados diálogos incompletos de Adam e Eveline. Como se apenas um deles falasse. O outro ficava em silêncio, apesar de a conversa parecer continuar. Os observadores imaginaram que Adam e Eveline falavam com os filhos, que nada entendiam, ou com árvores, ou animais. Ou que cada um deles estava enlouquecendo, o que era de se esperar. Ou, ainda, que o contato com o Grande Elo se fazia cada vez mais difícil, por desregulagem nos sistemas de comunicação dos dois andróides.

"Houve uma interpretação inquietante: eles falariam com outras pessoas. Sobreviventes inesperados do grande cataclismo inicial. Habitantes de outra Colônia subterrânea. Ou visitantes de outro planeta.

"Só muito tempo depois foi possível comprovar que seus interlocutores eram os filhos.

"Foi um grande abalo.

"Houve dificuldade em explicar como era possível que máquinas sem contato com o Grande Elo pudessem falar entre si, e com outros andróides ou pessoas.

"A explicação foi surpreendente: Adam e Eveline eram o Grande Elo dos filhos.

"Os recém-nascidos aprendiam a falar através dos pais.

"O conjunto dos andróides formava um outro Grande Elo. O todo funcionando como a base para a inteligência de cada um. Que só pensava, falava, processava, memorizava pela interligação ao conjunto. Não havia como desconectá-los, perceberam assustados os cientistas. O nome de livróide se justificou plenamente. Ao menos para o conjunto da nova colônia externa: uma colônia de andróides livres.

"Agora, de nada adiantaria desligar. Adam e Eveline ainda viveram durante algum tempo, mas seus circuitos e sistemas estavam deteriorados por falta de manutenção. Não pensavam corretamente. A fala deles perdia o sentido, diziam tolices, lembravam o passado distante sem recordar o que tinha acontecido na véspera.

Hamilton sentiu outra onda de emoção. Tremeu durante minutos. Negou-se a escutar as gravações. Não queria ouvir a fala esclerosada de Adão e Eva. Retomou a lucidez ao ouvir o acompanhante dizer:

— Sem contato com os filhos, nós os esquecemos durante duzentos mil anos.

"Jamais nossos antepassados iriam imaginar que agora precisamos da ajuda dos descendentes das máquinas.

CAPÍTULO 19

A Arte

— Por todo este período, a vida na Colônia continuou sem contato externo. Dedicamo-nos a nossas atividades normais.

O acompanhante dizia isso enquanto levava Hamilton, recuperado do choque de conhecer a Origem, para ver a vida na Colônia. Mostrou-lhe o Centro de Arte, onde diversas pessoas deitadas, com olhos fechados, pareciam dormir. O acompanhante explicou:

— Ali tomam pílulas de arte.

Com os olhos, Hamilton perguntou o que significava aquilo. O translúcido entendeu que falara uma novidade.

— Escolhem uma obra literária ou uma obra plástica e, tomando a pílula, vivem a obra. Cada obra pode ser comprada sob tantas formas quantas forem as personagens. O usuário pode escolher a personagem que deseja viver.

Hamilton riu ao pensar nesta forma de viver a arte. Perguntou se havia pílulas de Tolstoi. Tomaria duas: a de Vronski e a de Karenina. "Seria uma vez o amante e na outra o marido da mesma mulher."

— Você deve estar falando de obras escritas pelos andróides — continuou o acompanhante. — Certamente que não as temos. Nossas obras são anteriores à vida subterrânea, ou foram criadas aqui dentro. As que vieram de antes foram depois traduzidas para a linguagem química. As novas já foram escritas em química. Não teríamos aqui espaço suficiente para guardar toda obra de arte que produzimos. A biblioteca teria de ser maior do que todo o espaço. As pílulas ocupam espaço insignificante, e a leitura se transforma em vida.

Hamilton estava curioso para testar uma obra de arte da Colônia. Mas temia. Não sabia os gostos. Tinha pânico por obras de terror. Morreria se tomasse pílula de uma obra como *Alien — O Oitavo Passageiro*, ou se fosse a menina endemoniada de *O Exorcista*. Falou isso para o acompanhante, que riu da preocupação:

— Não temos as obras de vocês. Mas você não vai achar muita diferença. Cada uma das obras de vocês foi fruto de algum contato com o Grande Elo. Alguns recebem mensagens. Vocês chamam de inspiração ou revelação.

Hamilton pensou em Mozart. Desde cedo recebendo músicas feitas pelos deuses.

— Vocês do Grande Elo — continuou ele. — É assim que andróides vivos às vezes recebem mensagens de outros mortos.

Hamilton estava excitado. O acompanhante trouxe-o à realidade.

— Aqui está o laboratório devido ao qual voltamos à superfície. Nosso laboratório sismológico.

"Depois do acidente que prendeu um grupo no exterior, temíamos que um terremoto pudesse abalar a própria estrutura da Colônia, soterrando-nos. Concentramo-nos no estudo dos mecanismos do solo. Em poucos séculos, descobrimos como prever, com décadas de antecedência, qualquer terremoto em qualquer ponto do globo terrestre.

"Foi este conhecimento que nos obrigou a voltar à superfície. E a buscar a ajuda de vocês.

CAPÍTULO 20

Os ETs

No outro dia ela viajou. Em Brasília, foi direto à casa de um tio general, a quem não visitava há meses. Ele se surpreendeu com a visita, com a roupa, com a cara da sobrinha. Pensou que algo tinha acontecido ao irmão.

— O senhor precisa fazer alguma coisa, meu tio — disse ela. — Há uma invasão de extraterrestres no norte de Goiás.

O velho general assustou-se com a história. Primeiro, pensou que a sobrinha estava louca. Depois, com raiva, despertou para a idéia de drogas. Imediatamente chamou a mulher e disse:

— Traga um café, um leite, dê um banho nesta menina. Deve estar drogada.

Camila, com raiva, deu um grito:

— Eu não fumo, não bebo. Estou dizendo que meu namorado foi fazer uma pesquisa e desapareceu. E tenho todos os motivos para achar que foi seqüestrado por uma colônia de homens que vivem no centro da Terra.

Teve então a lembrança de dizer:

— Ligue para a Aeronáutica, ligue para o general Uchoa, aquele ufologista, veja se eles não acreditam nisso.

O general, ao convencer-se de que não era droga, transformou-se em tio. Trouxe água com açúcar, acalmou a sobrinha. Ouviu a história, sobretudo o fato de o jipe estar abandonado na estrada. Deu alguns telefonemas. O primeiro para o irmão, dizendo que Camila estava lá. Depois para o diretor da Polícia Federal, pedindo que desse atenção ao caso. Quando terminou, foi até o portão de sua casa despedir-se da sobrinha.

Camila deu um beijo no tio. Agradeceu a ele e foi dormir.

CAPÍTULO 21

Os Visitantes

— Durante milhares de anos, nenhum terremoto, em nenhum lugar do planeta, deixou de ser previsto com muita antecedência. Até quando aconteceu o primeiro tremor inesperado. Foi muito leve e distante. Mas abalou definitivamente a vida na Colônia. Para nós, o choque foi igual ao que ocorreria entre vocês, andróides, se a Lua entrasse em eclipse não-previsto.

"E não foi apenas um. Pouco depois ocorreram dois, no outro extremo do planeta. Depois foram outros, e muitos. Em lugares diferentes. Todos na superfície e sem previsão. Nossos cientistas ficaram enlouquecidos. Todos achavam que se tratava de falha nos equipamentos. O Grande Elo se desnudou. Fez uma revisão tão completa de cada uma de suas células que ficamos com pena dele. Nada foi encontrado.

"Quando terminávamos o trabalho de revisão, outros terremotos inesperados ocorriam. O que mais intrigava é que outros terremotos previstos continuavam acontecendo pontualmente, nos lugares certos.

"Era um paradoxo sem explicação. Eram provocados em uma lógica que nós desconhecíamos. Ao lado da lógica que conhecíamos. Salvo...

Interrompendo-se, o acompanhante fez um silêncio, olhou nos olhos de Hamilton.

— ...salvo — continuou — se fossem provocados artificialmente. Mas isto era absurdo.

"Ou por um bombardeio de meteoros gigantes. Também isto não poderia explicar. Depois de milhões de anos de história sem choques de grandes meteoros, não seria possível que tivéssemos uma chuva deles. Todos concentrados em poucos lugares.

"Por esta razão, decidimos enviar uma missão à superfície.

Parte V

CAPÍTULO 22

Os Espiões dos Deuses

— Enviamos dois andróides. Eliminamos neles qualquer possibilidade de independência ao Grande Elo; e de reprodução. Como se não bastasse, os dois tinham o sexo masculino. Incluímos um sistema de transmissão visual. Enviamos os dois à superfície.

"Saíram para caminhar por perto. Demorou alguns dias até nos transmitirem o que não esperávamos: a existência dos filhos de Adam. Esquecemos dos terremotos e nos dedicamos a observar a vida que levavam aqueles andróides.

"Estavam diferentes dos construídos por nossos ancestrais. Os descendentes de Adam e Eveline tinham a pele grossa, a cor escura, a estatura menor, uma vida mais curta; e não tinham a inteligência que deveriam. A linguagem estava dividida, conforme os defeitos surgidos ao longo do tempo: as pessoas diziam coisas enquanto os ouvintes imaginavam outras, ainda que parecidas.

"Tivemos que trazer de volta nossos andróides. Nos poucos dias e contatos, tinham espalhado ao mesmo tempo pânico e reverência. Como se fossem deuses. Tão diferentes eram os descendentes.

"Nós também nos achamos deuses. Capazes da perfeição própria e da capacidade de criar seres que viviam independentemente.

"Ainda não tínhamos a consciência de como a perfeição é imperfeita.

"Os andróides foram modificados, postos sob a forma mais usual dos andróides externos. Seus sistemas de linguagem foram ajustados. E voltaram ao passeio.

"Suas transmissões foram divulgadas diretamente a toda a Colônia. O Grande Elo aos poucos foi acumulando e processando informações históricas.

O acompanhante levou Hamilton de volta à sala de transmissão de vídeo. Ele viu na tela os lugares externos onde estivera poucos dias antes. Acompanhou o passeio dos andróides pela superfície. Viu a surpresa de muitos diante dos forasteiros que, apesar de parecerem com as pessoas do local, tinham algo diferente. Mas foi ele quem se assustou e deu um salto na cadeira ao ver o andróide ser recebido por um homem jovem que lhe parecia familiar. Demorou alguns segundos até identificá-lo. "Beauvardage. Foi assim que ele aprendeu tudo", pensou.

— Naquele tempo, houve um grande debate na Colônia sobre os andróides externos. Muitos defendiam que não eram descendentes de Adam e Eveline. Que não tinham inteligência. Não passavam de uma mutação dos velhos animais do planeta. Ou uma mutação dos homens de antes; sobreviventes deformados pela radiação. Seriam nossos irmãos, e não dos andróides, nossos semelhantes, e não nossos produtos. Foi a conversa com aquele homem que você vê agora que nos mostrou que eles eram descendentes.

Para surpresa de Hamilton, o acompanhante apontava para Beauvardage jovem.

— Aquele homem conhecia a história de Adam e Eveline. Os detalhes estavam modificados, mas ele sabia do passado, da Colônia, do Grande Elo. Ou ouvira de antepassados, ou tinha uma comunicação, mesmo que defeituosa, com o Grande Elo.

"A missão dos dois andróides não pôde durar muito. Logo ocorreu o acidente.

"Um dos dois morreu sem ser desligado. Era impossível que sua máquina fosse deficiente. Mas foi o que aconteceu. Ele morreu. Demoramos alguns minutos para entender a situação. O outro parecia nos olhar por dentro dele próprio. Queria uma explicação. Tentamos ressuscitá-lo, mas era impossível. O Grande Elo mostrou que sua máquina tinha sido carcomida por um vírus.

"Um dos nossos lembrou que no passado antigo eram os grupos primitivos que morriam de doenças que os 'deuses' provocavam. Agora, parecia que os mais primitivos resistiam matando os nossos tão sofisticados mas defeituosos andróides.

"Não foi uma falha. Tinha sido culpa de nossa perfeição. Quando queremos nos identificar com imperfeitos, a perfeição é uma falha.

CAPÍTULO 23

O Culpado

O diretor da Polícia Federal estava irritado com a tarefa recebida do general. Não podia negar-se a cumpri-la. Devia ao general sua nomeação. Mas o pedido poderia ter esperado um momento melhor. Estava envolvido na solução do crime cometido por alguns de seus subordinados. A instituição corria o risco de ser desmoralizada. Ele tinha de ser ao mesmo tempo um bom investigador para comprovar que os criminosos não eram da polícia e um competente relações-públicas para mostrar isso de forma convincente. Ou, então, provar que os criminosos eram da polícia e ser um excelente político, para puni-los exemplarmente, sem que os demais policiais se revoltassem.

Estas alternativas eram igualmente difíceis. Mas só lhe restava a demissão; que não queria, de forma alguma. Ainda precisava de dois anos para ter o recorde de permanência de um diretor. E se aposentar com o salário integral do cargo. Na hora em que perdesse o poder, todos cairiam sobre ele como urubus humanos sobre carniça política.

E agora vinha o general pedir que procurasse o namorado da sobrinha.

Chamou o chefe-de-gabinete.

— Quero que traga o que souber sobre um tal de Hamilton Rives. É professor da universidade.

E voltou a tratar de seus assuntos.

Logo depois, o chefe-de-gabinete entrou radiante na sala do diretor. Tinha nas mãos um volumoso dossiê.

— Um conhecido esquerdista, ligado a grupos terroristas, professor de marxismo, opositor ao regime. Um prato cheio — foi dizendo, ao pôr a pasta sobre a mesa do chefe.

O diretor folheou o volume e deu um sorriso. Olhou para seu chefe-de-gabinete, seu afilhado desde o começo da carreira.

— Aqui está o culpado do crime que querem imputar aos nossos bravos policiais — disse. — Ele fugiu quando percebeu que estávamos atrás dele.

O chefe-de-gabinete olhou surpreso.

— Foi mesmo, chefe?

O diretor olhou-o por cima de seus meio-óculos, deu a impressão de que ia explicar, mas preferiu dizer:

— Foi mesmo. Ninguém diria. Chame o Ernesto Paiva.

CAPÍTULO 24

As Provas

Quando o delegado Ernesto Paiva chegou, o diretor estava rabiscando sobre o prontuário de Hamilton. Antes mesmo que ele sentasse, o diretor já estava dando ordens.
— Quero que você vá atrás deste cara. Agora.
E mostrou o prontuário.
— Segundo diz o general Torres, o jipe dele está abandonado na estrada. Descubra onde. Fale com a moça de nome Camila. Sobrinha do general Torres. Ponha um pouco de cocaína dentro do jipe.
"Agora vem a parte mais séria. E por favor não erre, como naquela merda que você fez com o caso do estádio. Você vai procurar o escrivão Joaquim, aquele que imita a letra de todo mundo, e manda ele fazer uns bilhetes em papel de caderno, com a letra do gringo desaparecido no Rio, dizendo que ele está seqüestrado por terroristas. E que agora vai ser morto. Tem de ser em inglês, arranje quem possa fazer. É uma frase ou outra solta. Coloca algumas aqui no dossiê, para que ele seja identificado. Bota o nome da namorada. —"Assim, me livro do gene-

ral", pensou. — E, se encontrar o tal professor, dá logo um sumiço nele. Não é nem mesmo pelo que ele estiver fazendo agora. Que certamente não é boa coisa. É pelo que ele já fez e pelo que ainda pode fazer para nos dar trabalho. Matamos uns três coelhos com uma só cajadada. Avisa aqueles bestas que mataram o gringo que fiquem calmos, que em dois dias as coisas estarão resolvidas.

CAPÍTULO 25

A Missão

— Os descendentes de Adam, por serem imperfeitos, carregavam defesas. Os nossos andróides, feitos à nossa imagem e semelhança, carregavam a fragilidade que tínhamos nós, humanos perfeitos. Em poucos dias, os vírus tomaram conta de nosso andróide. Ele sentiu falta de ar, febres, vômitos, e não resistiu.

Quando ouviu esta parte, Hamilton teve pela primeira vez a consciência do poder que ele teria ao voltar à superfície. Já não seriam conhecimentos esotéricos de difícil aceitação: ele conheceria a causa de doenças e como prever terremotos.

— Mas nossa missão era conhecer as causas dos terremotos. "Mudamos nossos métodos. Com esforço, construímos aparelhos voadores. Diferentes daqueles que conhecíamos dos tempos primitivos, de antes da Colônia. Agora nós dominávamos as técnicas de movimentos através da geografia espacial. Optamos pela forma de discos, redondos.

"Desta vez não precisávamos enviar andróides. Fomos seguros no espaço e no tempo. Protegidos em nossas cápsulas voadoras. Fui um deles.

"Nossa primeira missão foi mais surpreendente do que qualquer coisa que pudéssemos imaginar. Aqueles casebres e pessoas ignorantes que existiam ao redor da Colônia nada tinham a ver com a realidade da civilização que os descendentes de Adam tinham criado.

"Em poucos dias sobrevoamos todo o planeta. Em quase todo lugar havia aglomerações de descendentes. Grandes cidades, como as que tínhamos antes do grande cataclismo.

"E descobrimos a causa dos terremotos.

CAPÍTULO 26

Os Monstros

— Os terremotos eram causados por artifícios explosivos fabricados pelos andróides. Localizamos os lugares onde explodiram. Conseguimos saber os momentos e as potências deles. Estudamos seus resultados sísmicos. O Grande Elo fez um mapa que coincidia plenamente com os terremotos aleatórios que tinham desafiado nossos cientistas e causado tanta dúvida.

"Nós tínhamos criado monstros. Os filhos de Adam e Eveline continuaram o mesmo percurso de nossos antepassados. Meio milhão de anos depois, surgiam outra vez armas como aquelas que tinham provocado o grande cataclismo e nos jogado debaixo da terra. Ficamos horrorizados. Agora era ainda mais grave. Além de se autodestruírem, os andróides poderiam nos destruir.

"Por nossa culpa, tínhamos no planeta uma espécie artificial suicida, que ameaçava nossa sobrevivência. Identificamos nossos erros, mas já era tarde.

"O primeiro erro foi tolerar a vaidade dos cientistas, permitindo a implantação de sistemas reprodutores nos andróides.

O segundo foi ter permitido que nossos jovens brincassem com os andróides. O terceiro foi não ter desconectado imediatamente Adam e Eveline do Grande Elo.

"Mas o principal erro estava na estrutura cerebral dos andróides. Nós os fizemos com potencial de inteligência lógica, com força física e mãos criadas para compensar nossa fragilidade; mas não lhes demos a paz interior que aprendemos a ter depois do grande cataclismo. Não pusemos em seus circuitos uma ética que os fizesse controlar a inteligência artificial. Demos a eles a curiosidade pelo conhecimento e duas mãos fortes, sem lhes dar um propósito para seu uso.

"Fizemos um monstro. Tinha uma parte à nossa imagem e semelhança, adquirida na Colônia, mas tinha uma outra bestial, ampliada na luta pela sobrevivência com os outros animais.

"Vimos que era preciso impedir o desastre que nos ameaçava. Corrigir os erros. Destruir organizadamente a civilização dos andróides, antes que ela se autodestruísse descontroladamente, em uma guerra que nos ameaçava.

"Tínhamos de destruí-los antes que nos destruíssem.

"Por isso o trouxemos aqui.

Parte VI

CAPÍTULO 27

A Partida

O delegado Ernesto Paiva era um dos mais antigos, de mais confiança do diretor e dos mais estúpidos policiais lotados na diretoria. Talvez as três coisas tivessem a ver umas com as outras. Mas tinha uma qualidade: cumpria as ordens que recebia. E este, às vezes, era seu maior defeito.

Ao sair do gabinete do diretor, começou a cumprir à risca as ordens que recebera. E, ao cumprir à risca, ele se precavia duplamente: primeiro, evitando os erros de sua incompetência; segundo, e isto prova que não era de todo estúpido, deixando a responsabilidade dos erros que ocorressem para aquele que dera a ordem.

Foi atrás do escrivão e disse o que queria. O velho Joaquim disse que sabia escrever, mas não sabia inglês. O policial disse "te vira" e foi atrás da cocaína.

Na tarde do outro dia ele estava com tudo pronto, inclusive os bilhetes em inglês.

O que não esperava, e, sem saber improvisar, ficou aturdido, era o aparecimento do general dizendo que iria também, junto com a sobrinha.

O general não tinha qualquer sentimento pelo professor desaparecido. Mas amava o irmão, e, por extensão, a sobrinha. E, sobretudo, ficara curioso com a história.

Conversando com colegas, todos disseram que alguma coisa existia por aqueles lados que eles não entendiam. Por exemplo, era ali onde mais discos voadores apareciam. Ali havia uma mudança magnética que atrapalhava as bússolas. Um dos colegas disse que fizera um relatório alertando sobre o risco de perda de aviões no trajeto Brasília—Belém. "Ninguém levou a sério. Antigamente os brasileiros só fechavam a porta depois de roubados. Agora não fecham mais. Pelo menos o ladrão não quebra a fechadura. Você vai ver. E ninguém vai lembrar que fui eu que alertei. Mas farei um escândalo. Isto eu farei. Garanto, general", disse ele.

O general ouviu calado e decidiu ir com a polícia.

Querendo orientação, o delegado Ernesto Paiva ficou esperando o diretor. Queria uma audiência urgente.

Como o delegado vivia às voltas com outros casos, com a política e com uma amante, e como o general não voltara a ligar, ele deixou o auxiliar na espera.

Só no outro dia o recebeu. Já era tarde para o seu plano.

Camila não esperara. Partiu antes.

Quando ouviu a história do delegado Paiva, o diretor levantou, deu um murro na mesa, gritou "idiota estúpido" e perguntou:

— Por que não partiu antes, dizendo que tinha esquecido do general?

— Mas assim ele ficaria sabendo.

— Estúpido, estou dizendo por que não foi embora e depois, se ele perguntasse, dizia que tinha esquecido. Porra. Caia fora. Saia agora mesmo. Vá atrás do professor subversivo. Deixe o general comigo. Vou dizer que procuramos por ele e você teve de partir antes. Tivemos informações de que o seqüestrado corria risco de vida. Vá embora. Suma. Quero-o de volta amanhã com tudo pronto como eu tramei.

O delegado Paiva saiu diretamente para a garagem. E daí à procura de Hamilton.

No segundo dia, telefonou para dizer que não encontrara nem jipe nem professor. Mas tinha informações de que o professor reaparecera e estava voltando para Brasília.

O diretor deu um grito:

— Merda. Volte imediatamente. Cuidado para você não ser preso com o material que levou.

E desligou, pensando que teria de encontrar outra forma para resolver seus problemas.

CAPÍTULO 28

A Volta

— Estevam? É você, Estevam?
— Sim, sou eu. Quem fala?
— Sou eu.
— Quem?
— Camila. Não está reconhecendo minha voz?
— Onde você está? A ligação está péssima.
— Estou aqui. Barra do Garças.
— Onde? Está com a polícia?
— Estevam, achamos o Hamilton.
— O quê? Acharam? Acharam mesmo?
— Apagaram os olhos dele.
— O quê? Não entendi. A ligação está péssima. Ligue de novo.
— Não. Não posso. Meu tio mandou um recado dizendo que nos escondêssemos uns dias e voltássemos por outra estrada. Quero apenas lhe avisar. A polícia está desconfiando de que Hamilton está metido em seqüestro, no tráfico de drogas e no terrorismo. Estevam, apagaram os olhos dele.

Ao dizer isso, sua voz ficou embargada.

— O que você quer dizer? Está cego?

— Não. Ele vê, fala, está bem, carinhoso comigo. Mas tem alguma coisa diferente. Apagaram os olhos dele. Tenho certeza. Ele está bem. Nem parece que esteve perdido estes dias. Não lembra de nada. Disse que foi procurar tijolos e que voltou logo depois. Não acreditou quando eu disse que já era quinta-feira. O menino também insiste que só passaram meia hora fora do jipe. Os olhos do Pedro também estão apagados. Eu estou com medo, Estevam.

— Todos acham isso?

— Tenho certeza. Não falei para ninguém. Nem vou falar. Nós vamos para Goiânia e para aí de avião. Na saída telefono. Queria que você fosse nos buscar. Para garantir contra a polícia e também para que você o veja. Não diga para ninguém. Nem para ele.

— Estarei lá. Espero seu aviso. Só ligue do aeroporto.

Quando a ligação terminou, Estevam pensou: "Avisei para não brincar com Eles."

CAPÍTULO 29

O Projeto

Quando chegaram, Camila quis levar Hamilton a um médico. Ele preferiu ir direto para o escritório onde fazia trabalhos de consultoria. Estevam não conseguiu tirar dele nenhuma palavra sobre os deuses. A cada pergunta, ele respondia:

— Não estive desaparecido. Vocês estão me gozando com esse negócio dos dois dias perdidos. E, se houve, foi algum branco. Efeito da energia local, como você diz e agora não quer acreditar. Esses deuses não existem.

Ele estava convencido de que não estivera perdido. Era como se houvesse um branco em sua memória.

Mesmo protestando, Camila e Estevam tiveram de deixá-lo no escritório. Dali foram a um bar. Ele não tinha percebido diferença no olhar do professor. Ela insistia que os olhos estavam diferentes. Estevam apenas reconhecia que era estranho o fato de ele não querer falar no assunto. Em certo momento, disse:

— Olhe. Ele não é o primeiro que desaparece naquela região e depois nega ter desaparecido. Há alguma coisa por ali.

Creio que ele tem razão. É alguma energia estranha que não conhecemos.

— E se foram os deuses que o seqüestraram?
— Que nada. Isso não é possível. Se fosse, ele lembraria.
— Podem ter feito alguma lavagem cerebral.
— Não. Isso não existe. A explicação deve ser outra.

Camila olhou para Estevam. Pensou que ele parecia negar o que antes dizia nas aulas. Ele entendeu o olhar. Ficaram em silêncio. Depois de algum tempo, Estevam saiu. Camila disse que ficaria ainda, esperando por Hamilton. Veria quando ele saísse.

Ele não saiu na hora que ela esperava. Nem logo depois. Nem muito depois.

Quando já era bem tarde, ela foi a um telefone público e ligou para ele. Estava ocupadíssimo. Nunca estivera tão inspirado. Um parecer enrolado há meses de repente parecia resolvido. Bastava escrever. Em uma semana, tudo ficaria pronto e ele a procuraria.

Ela foi embora.

Telefonava todo dia, e ele sempre dizia que estava terminando algum parecer, relatório, ou escrevendo algum tipo de artigo.

Ela não entendia aquele súbito apego ao trabalho. Ouvia, pelo telefone, que precisava cumprir um prazo, ganhar dinheiro.

Encontraram-se na semana seguinte.

Ele estava entusiasmado. Ganhara muito mais dinheiro e mais rapidamente do que pensara. Ia para a Europa na semana seguinte.

Ela olhou-o espantada. Depois de tantos meses como o centro das preocupações dele, e ela se recusando, agora era ele que a ignorava. E ela que não o esquecia. Perguntou se havia um lugar na mala. Ele não respondeu. Quando falou, ela teve outra surpresa:

— Consegui provar que o projeto da hidrelétrica do Tocantins trará prejuízos mínimos para o meio ambiente. E grandes retornos para a economia e a sociedade.

— Mas antes você dizia o contrário.

— Estava errado. Com as fotos dos satélites, fiz simulações no computador. Por isso trabalhei todos esses dias. Não há riscos. O clima não vai mudar, nenhuma espécie será ameaçada. Com o aumento da produtividade que a eletricidade permitirá, o solo que vai desaparecer não fará falta. Estou convencido de que precisamos de mais uns dez projetos como este.

— E o que você vai fazer na Europa?

— Adivinhe?

— Visitar Paris e os museus?

— Errado. Vou ganhar uns dólares. O Banco Mundial viu meu parecer e pediu que fosse analisar projetos na Ásia e na África. E um projeto de energia nuclear na Polônia. Já pedi licença na universidade. Se não derem, peço demissão. Cansei de ser professor, salário miserável.

Camila olhava espantada e enciumada.

Parte VII

CAPÍTULO 30

A Hipnose

Na outra semana, Hamilton viajou.
Já não havia nada entre eles. Ela sentiu. Seus pais ficaram contentes.

Em poucos meses já estava recuperada, pensando nos exames do final do semestre. Mas sempre havia motivos para lembrar de Hamilton. Naquela manhã, foi uma notícia no caderno cultural do *Jornal de Brasília*. Em letras pequenas, uma manchete dizia: "Sob hipnose, importante cientista descreve mundo fantástico que haveria debaixo da terra."

Era um comentário sobre um artigo da revista *A Outra Antena*. Mesmo lembrando o amigo que estava na Europa, Camila não deu maior importância ao artigo. Até que, outro dia, procurando uma revista semanal, viu, na banca do jornaleiro, um exemplar de *A Outra Antena*. Folheou-o, e ali estava o artigo sobre o cientista hipnotizado. Comprou a revista.

Era uma dessas de sensacionalismo esotérico. Tão pouco séria quanto aquelas que tratam de divórcio de artistas de televisão. Abriu-a diretamente na matéria. Havia uma foto grande, de quase página inteira, do cientista, cujo nome era Henderson Woff Plankter, um alemão, apontando para um mapa na parede. Apontava para o Brasil, no centro, na região onde estava o Olimpo.

Camila ficou impressionada e começou a ler, achando que se tratava de uma referência ao mito da caverna. A notícia era muito mais grave.

Na abertura, entre aspas, havia uma declaração do cientista dizendo que não acreditava em nada daquilo que estava escrito. Mas que reconhecia sua voz, gravada durante uma sessão de hipnose.

O artigo contava a história.

Ele visitara o Brasil, ainda estudante secundarista. Durante dois dias tinha ficado perdido do resto do grupo, em pleno Planalto Central do Brasil, numa região não muito distante de onde foi construída a cidade de Brasília. Quando foi encontrado, estava tão traumatizado que não lembrava absolutamente nada do que fizera durante os dois dias.

Não lembrava nem ao menos de que estivera perdido. Isso sempre foi motivo de brincadeira entre os amigos.

Alguns diziam que ele era tão covarde que o medo provocara uma amnésia. Outros, que ele fizera alguma coisa que não queria contar. Ou descobrira uma mina de ouro. O fato é que tantos anos depois, em uma festa, hipnotizado por brincadeira, contou o que nem ele sabia.

Não acreditava em nenhuma das loucuras que dissera, mas não sabia de onde elas surgiram. Sabia que não as contara conscientemente.

O hipnotizador insistia que não era possível que ele tivesse inventado. Aquilo estava registrado em seu inconsciente.

Camila surpreendeu-se com o fantástico da história, e a cada trecho que lia lembrava de Hamilton.

"Estava perdido há quinze ou vinte minutos. Surgiu um homem. Vestia túnica branca. Era transparente. Chamou-me. Disse conhecer o caminho. Levou-me a uma caverna, que se fechou depois que entrei. Quis fugir. O homem apontou-me um pequeno carro. Solto no ar. Tudo branco. Sentei. Depois de uma descida, abriu-se uma porta. Um grupo de homens esperava. Brancos. Translúcidos. Túnicas iguais. Cabeças grandes. Mesma cara. Mesma idade. Disseram 'bem-vindo'. Falaram alemão. Levaram-me a uma sala. Apertaram um botão. Ouvi o diálogo de Adam e Eveline. Adam e Eveline eram andróides. Fabricados naquela caverna. Por aqueles homens."

Segundo a revista, a gravação da hipnose perde clareza, porque as pessoas ao redor riram. Pensavam que o cientista brincava.

Mais adiante a fita continua com clareza. Parece que as pessoas começaram a ficar assustadas e fizeram silêncio.

"Eles disseram que eu era andróide. Filho de andróide. Descendente de Adam."

Os risos voltaram. Mas risos assustados. Disfarçando medo.

"Eles precisavam de mim. Iriam fazer um conserto em meu cérebro. Eu ficaria muito inteligente. E seria químico."

Neste momento da hipnose, diz a revista, fez-se um grande silêncio na sala.

O hipnotizador perguntou:

"O que lhe disseram os homens brancos?"

"Que precisavam de mim."

"Precisavam como?"

"Os andróides vão destruir o mundo com as bombas atômicas que fizeram."

"Que mais?"

"O Grande Elo não controlava os descendentes de Adam. Não podiam tratar cada andróide. Precisam de mim."

Segundo a revista, o químico fez silêncio. Todos ouviram, e dão testemunho. O hipnotizador pediu-lhe que continuasse. Ele balançou a cabeça negando. O hipnotizador pressionou.

Ele por fim respondeu:

"Não. Eu estava desligado. Fiquei desligado. Lembro depois. Fui encontrado, do lado de fora."

A revista conta que a partir daí o jovem Henderson deixou os estudos de literatura, ingressou no Instituto Politécnico e dedicou-se à engenharia química. Fez uma grande fortuna com patentes. É acionista de uma empresa que produz o clorofluor-carboneto para a produção dos *sprays*.

Quando terminou a leitura, Camila telefonou para Estevam.

— Estevam, você já ouviu falar de uma revista chamada *A Outra Antena*?

— Não gosto de eletrônica. Só para usar.

— Não brinca! Não é eletrônica. É meio esotérica. Dessas coisas que você gosta.

— Pior ainda. Meu esoterismo é a arqueologia e a mitologia.

— Pois você vai gostar. Tem um artigo com o título "As grutas do Éden".

Camila esperou enquanto durava um segundo de silêncio. Depois ouviu:

— O quê?

— É. Um cara, sob hipnose, diz que esteve lá. Descreve os deuses e diz que conversou com eles. Ele ficou desaparecido durante dois dias, como o Hamilton. E não lembrava de nada.

Até ser hipnotizado. Foi programado para servir a alguma coisa que não sabe. Nem hipnotizado conseguiu dizer. Estava desligado, disse. Diz que todos somos andróides.

— Você não pode acreditar nisso. Está brincando.

— Não. Não estou. A revista está aqui comigo. Posso levá-la. Ou você desce e compra uma aí perto de seu apartamento. O que estou pensando, Estevam, é que isso pode ter acontecido com o Hamilton. Deveríamos fazer uma hipnose nele. Você acha que ele aceita?

— Você não tem juízo mesmo, menina. Esquece aquele coroa! Se ele foi tratado na gruta, aposto que caparam ele. Senão ele estava aí com você. Arranja um gato da tua idade. Esse cara endoidou. Só pensa em ganhar dinheiro.

— Estevam, o cara da revista também ficou rico depois que saiu da gruta. É um químico importante. Descobriu coisas sérias. Você não acha que aí tem outra coincidência com o Hamilton?

— Camila, deixa essas leituras para lá.

— Mas Estevam, o cara é famoso. É rico. Cientista. Não ia inventar isso.

— Como é o nome dele?

— Deixe eu ver. Espere aí. Está aqui. Olha aqui. É Henderson. Henderson Woff Plankter.

— Nunca ouvi falar. Devem estar usando o nome. Você vai ver. Em vez de inventor, ele é que foi inventado. Ou já deve estar processando esses loucos. Os caras vão ficar sem antena nenhuma. Se eu fosse o editor, já mudava o nome para "A Antena Quebrada". Se fosse ele, já tinha procurado o melhor advogado ou comprado uma passagem no mais confortável disco voador.

Camila riu, pela primeira vez.

— Você não leva nada a sério, cara.

— Só o que é sério. Como mitologia.

— Mas foi você que nos meteu nisso.

— Nisso não. Eu meti você na mitologia, com muita honra. E você sabe que eu queria impressioná-la. Mas você preferiu aquele babaca.

— Lá vem você de novo com essa história.

— Eu saí perdendo. E você também, porque ele endoidou e ainda foi capado pelos deuses. Eu não tenho culpa. Não fui eu que sugeri. Não tenho tanta força.

Camila disse o que ele não esperava:

— Estevam — fez uma pausa que ela sabia fazer melhor do que ninguém —, se eu quiser voltar, você vai comigo?

CAPÍTULO 31

O Dr. Plankter

Com sua militância, sua racionalidade e seu marxismo quase infantil resistindo a todas as *perestroikas*, Camila não entendia como, apesar de os dias passarem, ela não escapava daquela loucura. Sabia que tudo não passava de uma desculpa para pensar no cretino do Hamilton. Não sabia era por que esse sentimento que tanto demorara a chegar tanto demorava a sair. Nada explicava.

A idade, a reviravolta política e existencial do amigo, os interesses, a ex-mulher e os filhos dele, tudo atrapalhava. Mas só pensava naquele coroa. No corpo flácido, diferente dos namorados que conhecera, fortes, apressados e sem histórias.

Fechou os olhos e lembrou os encontros e as vezes em que fizeram amor. Lembrou quando era ele que pensava nela, os bilhetes, os telefonemas fora de hora, as viagens a qualquer pretexto. Lembrou com raiva.

"Talvez fosse um encontro com os deuses", pensou. "Devo estar ficando louca. Só tenho uma cura."

E ligou para Hamilton.

— Oi, lembra de mim?

Houve um silêncio. Para alegria dela, muito curto.

— Oi, Camila. Que prazer. Que bom você ter ligado. Como vai?

— Bem. Mais ou menos. E você?

— Muito bem. Muito bem. Trabalhando como um louco. Estou em um projeto na Sibéria.

— Como sempre.

— Como sempre.

— Como sempre não. Como depois do seu desaparecimento. Antes você era uma pessoa normal.

— Que é isso, Camila? E não sou mais normal?

— Hamilton, você já ouviu falar em uma revista chamada *A Outra Antena*?

— Não. De que trata?

— É uma revista esotérica. Liguei para você por isso.

— Que é isso, Camila? Está brincando comigo?

Camila percebeu que do outro lado Hamilton estava trabalhando no microcomputador. Ela ouvia o ruído do teclado. Mesmo assim continuou:

— Tem uma matéria sobre um grande cientista alemão. O nome dele é Henderson Woff Plankter.

Ela percebeu que Hamilton parara com o micro.

— Ele também desapareceu lá perto do Monte Santo. E esqueceu tudo. Até um dia desses. Submeteu-se à hipnose, de brincadeira. O resultado é que lembrou de tudo. De que foi seqüestrado pelos deuses brancos, conversou com eles...

Percebeu que Hamilton ouvia com atenção.

— ...Ele foi programado pelos deuses. Não sabe para quê nem como. Lembra que foi desligado. Os deuses disseram que ele não passava de um andróide.

Fez silêncio e continuou:

— Eu acho que você foi programado, Hamilton. Virou um andróide. Você está tendo o mesmo sucesso que o químico teve. Não sei o que eles querem, mas vocês foram regulados para fazer o que fazem, o que eles querem.

— Camila! Que loucura é essa?

— Quer apostar, Hamilton? Eu tenho como provar. Você aceita?

Hamilton riu. Não queria perder tempo. Mas ainda lembrava de vez em quando daquela menina de quem gostara tanto.

— Por que não responde? Está com medo, cara?

— Não. Está bem. Se você tem como provar, eu vou gostar. Vou faturar alto contando os segredos dos deuses.

Camila fez que não ouviu. Depois de um tempo em silêncio, como se pensasse se deveria dizer, falou:

— Hamilton, posso passar aí? Queria tanto conversar com você.

A melodia da voz, a entonação do pedido, carente, preocupado, ansioso, fizeram Hamilton querer. Mas ele disse:

— Hoje tenho de acabar um relatório.

— Amanhã?

— Não. Amanhã tenho um compromisso. Sexta-feira. Venha tomar um vinho comigo. Como nos velhos tempos.

Ela deu um sorriso triste e esperançoso que ele não viu, e disse apenas:

— Vou levar o Estevam e outro amigo.

— Ok. Mas não esqueça de trazer a prova de que eu sou um robô.

No instante em que Camila desligou o telefone, Hamilton levantou, afastou-se do microcomputador, procurou na agenda, anotou um número, discou e pediu uma ligação para Frankfurt.

— Quero falar com o Dr. Plankter, por favor.

Parte VIII

CAPÍTULO 32

Primeiro Telefonema

Enquanto esperava a ligação para Frankfurt, Hamilton olhou para fora, por uma janela. Mas nada via. Tentava lembrar o que lhe acontecera naqueles dias, há quase três anos. Nada. Depois pensou em como sua vida mudara. De simples professor apaixonado por uma aluna para rico consultor internacional.

Tomou um susto quando o telefone tocou. Ouviu um alô do outro lado.

— Dr. Plankter? — perguntou, em inglês.

— Sim. Sou eu.

Hamilton percebeu o tom de quem espera com ansiedade uma resposta que explique a razão de um telefonema de um lugar e de uma pessoa que não se espera.

— Dr. Plankter! Aqui fala Hamilton Rives, do Brasil. Está lembrado?

— Claro. Claro que estou. Como vai o trabalho? Já conseguiu os dados que desejava?

— Sim, sim. Mas não é para isso que estou telefonando. O senhor tem algum tempo para ouvir-me?

— Eu estou à sua disposição, mas tenho neste momento uma pessoa em minha sala de espera, e gostaria de pedir-lhe que me ligue de volta em meia hora. Seria possível? Se o fuso horário permitir. Aqui já são oito da noite, e não devo continuar no meu escritório por muito tempo.

— Claro. Eu o chamarei em meia hora.

CAPÍTULO 33

C.R.C. Bilder, Historiador

A pessoa de quem o Dr. Plankter falara tinha entrado minutos antes na sala de espera. Com um sobretudo cáqui, uma boina francesa, um cachimbo na boca e afetados olhares para todos os lados, parecia um Sherlock Holmes do século XX. Andava e olhava ao redor como se quisesse que todos o vissem como um distraído que captava cada gesto, cada objeto.

Mas ninguém o viu. Salvo a secretária, que, assustada, levantou a cabeça de suas notas na mesa para o rosto gordo debruçado, já quase tocando o dela, entregando-lhe um cartão onde estava escrito apenas: C.R.C. Bilder — Historiador. Ele disse, com uma voz fina que não parecia sair daquele corpo gordo:

— Tenho um encontro muito importante com o Dr. Plankter.

Pareceu estranhar quando a secretária perguntou o nome. Como se fosse absurdo não ser reconhecido. Leu o cartão, dizendo as letras iniciais, o sobrenome e a profissão. Como se a secretária que não o reconhecesse fosse necessariamente analfabeta.

Pelo interfone, ela avisou a chegada do historiador e o telefonema de Hamilton. Demonstrando paciência, o gordo passou a circular pela sala, olhando para o chão, com as sobrancelhas franzidas como se fosse uma caricatura de detetive. Pouco depois, surgiu na porta a figura do Dr. Henderson. De avental branco, aparência de cerca de 55 anos, calvo, com uma fila de lápis e canetas no bolso da frente. Sério, o professor olhou a estranha figura do visitante. Apresentou-se, desnecessariamente, como professor Plankter e pediu que o seguisse, dizendo-lhe, enquanto andavam:

— Peço desculpas, mas este assunto não está entre as minhas prioridades. Estou em uma pesquisa para a Wintrop and Baltar Co. O senhor desculpe.

Olhou o relógio, deu meia-volta ao redor da mesa de despachos e sentou.

Surpreendeu-se com o historiador, em pé, de costas para ele, olhando cada pedaço do escritório. Depois do que pareceram longos minutos, o gordo voltou-se e sentou, dizendo:

— Dr. Plankter, em uma rápida olhada nos livros em seu escritório, não vejo nenhum relacionado com mitologia. O senhor por acaso os tem em casa, em outro escritório, ou os leu quando criança?

— Não sei por que pergunta. Mas minha resposta é não. A única mitologia que me interessou por algum tempo foi a política, quando eu era estudante. E o amor, quando estive apaixonado. Quero dizer-lhe que estes assuntos são particulares. E que não tenho interesse no tema que interessa ao senhor. Quanto ao tempo de criança, diria que não.

O historiador riu, um riso forçado, de cumprimento ao que lhe pareceu uma grande loquacidade do cientista.

— E por que me recebeu?

— Porque recebo as pessoas que me procuram. E porque o senhor foi demasiado insistente. Eu lhe digo que estou arrependido com essa brincadeira da hipnose.

— Pois eu lhe digo, professor Henderson, o que o senhor descreveu em seu estado hipnótico é uma história antiga, sem criatividade, conhecida de todos.

O professor ficou na defensiva. Não queria assumir a defesa de uma história que ele dissera ser ridícula. Mas não estava feliz em ver sua história rebaixada daquela forma.

Não resistiu e disse:

— Mesmo assim o interessou a ponto de vir de Bonn até Frankfurt.

— Não é tão longe, professor. Eu tinha outras coisas a fazer na cidade. Além do mais, o que me interessa em sua história é que ela é banal, velha e espalhada pelo mundo.

O cientista ficou em silêncio. "Sem dúvida", pensou, "não entendo a cabeça deste imbecil."

— Professor Plankter, se o senhor tivesse inventado algo novo, seria uma idéia sua, uma criação nova, não seria um mito. Uma idéia só pertence à mitologia quando não é nova. E quando está em todas as partes. Até na cabeça de um cientista hipnotizado. Por favor, não me interrompa. O que caracteriza um mito é sua disseminação pelo mundo. Em lugares nunca imaginados. O mito aflora quando menos esperamos. Foi isso que me fascinou. Sua reputação permitiria inventar uma história melhor. Mas o senhor não a inventou. O senhor repetiu coisas ditas e reditas em mitos da África, da Escandinávia, da Ásia e de todas as Américas. É isso que me interessa, professor.

Fez uma pausa, aproximou-se do professor, que escutava do outro lado da mesa, e continuou:

— Eu não sou um contador de histórias. Sou um investigador da história. O que me interessa é saber como é possível que um feiticeiro ioruba, um velho esquimó, um macumbeiro brasileiro possam contar a mesma história que um Ph.D. alemão hipnotizado. É isso que eu gostaria de descobrir. E queria contar com sua ajuda. Até porque imagino que o senhor, como cientista, também gostaria de saber, professor.

O professor ouviu assustado, curioso e até com respeito o discurso do historiador. Era como se a veemência e a elegância saíssem de uma outra pessoa diferente daquele gordo, careca, mal-vestido. Por isso, quando se fez um silêncio, ele, curiosamente, como se falasse a um colega, perguntou:

— O senhor fala dos deuses subterrâneos?

A massa gorda levantou-se com uma agilidade que não parecia ter. Quase gritando, disse:

— Não, não. Não. Eu falo de o homem ser feito do barro, do pó. Por que não da água, do ar, de outra coisa qualquer? De onde lhe veio esta história?

— Qual é a sua hipótese?

— O senhor leu esta história, ou ela foi lida para o senhor quando pequeno. Acho até que sua ida ao Brasil já pode ter sido fruto de uma curiosidade nascida dessas leituras.

O Dr. Henderson Plankter pareceu gostar de uma coisa: o gordo descartava a hipótese de deuses. Prestou mais atenção ao discurso.

— O mais difícil é como a história chega aos que não a leram. Nem ouviram. Jung falava em arquétipos. O senhor deve saber. São memórias comuns a todos os homens. Formadas na mais primitiva antigüidade. No início dos homens. O generalizado medo de cobra tem uma lógica: muitos homens devem ter morrido por picada de cobra. Um animal que não dava à vítima tempo para fugir.

"Mas a fabricação do homem a partir do barro é inexplicável. Apesar disso, ela está em quase todos os mitos. Neste seu, especialmente. Feito de terra, como um andróide. Do barro. Nada mais do que um bocado de matéria.

O cientista cortou a conversa:

— Pois eu não lembro ter lido nada nesse sentido, fora da Bíblia. Nem de ninguém ter lido para mim. Meu pai era um matemático pragmático e agnóstico. Minha mãe era uma enfermeira católica. Minha infância foi toda racionalista. Nunca fui dado a leitura de mitos. Mesmo a literatura nunca foi um forte em minha casa.

O historiador pareceu não ter escutado. O professor Henderson percebeu que seu visitante ouvia apenas o que lhe interessava.

— O mais interessante é que a maioria dos mitos, especialmente de origem grega, apresenta os deuses como moradores dos céus, em formas variadas. Às vezes do mar. Sua história faz parte dos raros mitos de deuses subterrâneos. Deuses que vivem enterrados em cavernas no chão. E o homem é que foi capaz de viver ao ar livre, enfrentar o mundo. Neste mito, professor, os deuses são fracos, apesar de inteligentes. E os homens são fortes, apesar de fabricados. O que acha?

— Eu não acho nada.

— Pois eu acho muito verdadeiro.

O professor Henderson olhou para o interlocutor com uma curiosidade aguçada. Percebeu que não entendia bem o que ele queria dizer com aquela frase. O verdadeiro parecia fora de lugar. Ficou em silêncio.

O historiador pareceu ter percebido. Continuou:

— A diferença deste para outros mitos é que este tem lógica. Veracidade. Veja bem: se Deus, ou os deuses, fossem fortes, eles apareceriam, usufruiriam do mundo. Os deuses de todas as religiões são poderosos. Mas ninguém os vê. Vivem escondidos. No céu. Como se tivessem medo. É inverossímil. Como podem criar o mundo e desaparecer da própria criação? O senhor conhece algum escultor que morre com o nascimento da obra? Todo autor assina embaixo. Alguns até ficam ricos com direitos autorais, como o senhor, segundo eu soube. Salvo se não puder. Se for frágil. Temer a obra que fez. Se o mundo que produziu lhe for hostil. E ele for obrigado a se esconder. Nesse caso, nada melhor do que uma caverna. No céu é difícil esconder-se; de alguma forma se é visto. O mito do céu não resiste como explicação para a morada dos deuses.

"O senhor já visitou alguma vez a Capela Sistina? Michelangelo deve ter percebido essa situação esdrúxula. O seu Deus, no momento da criação, está escondido dentro de uma cápsula, transportada por anjos, aos quais Ele se agarra. Parece com medo. De cair e do homem que Ele cria.

O historiador continuou falando. Voltou a fazer um esquisito gesto, onde o dedo indicador da mão direita era colocado perpendicularmente, cortando os dedos indicador e polegar da mão esquerda, abertos e estirados, fazendo o que o professor Henderson riu ao descobrir que era a letra inicial maiúscula em alemão, para indicar o Senhor, de Deus:

— Ele só apareceria quando estivesse ameaçado. Quando precisasse de ajuda. Ou quando descobrisse sua obra, que não sabia existir. E quisesse usá-la, para salvar-se de alguma ameaça. Por isto, sua história, este mito, que outros contam sem necessidade de hipnose, me é tão simpático. E é por essa razão que vim visitá-lo. O senhor é a única pessoa no mundo, que se saiba, que esteve em contato com Deus ou deuses.

"Quero lhe dizer que, quando li sua história, procurei um hipnotizador. Pensei que talvez todos os homens tivessem passado por essa experiência. Mesmo sem jamais ter estado no Brasil. Que nada. Gravei e apaguei rápido minha sessão. Eu só disse tolices. Nem queira saber. Nem queira. Só tolices. Coisas que até me deram vergonha diante do hipnotizador.

O químico começava a sair da surpresa para a irritação, que certamente se transformaria em fúria, porque não entendia a razão que o levara a perder tempo com aquele louco. Ao mesmo tempo, algo o fascinava naquela história e elucubrações.

Sem saber como cortar a conversa, ouviu o telefone tocar. Lembrou-se da recente chamada do Brasil. Disse ao seu interlocutor que estava esperando um telefonema. Perguntou se poderia deixar para continuar noutro momento. O homem levantou-se e saiu.

CAPÍTULO 34

O Segundo Telefonema

Hamilton disse que era ele de volta, conforme combinado. Em inglês também, o professor Henderson disse:

— Desculpe não lhe atender naquele momento. Eu esperava alguém. Descobri que era um louco. Desculpe desabafar. O senhor não tem culpa de nada.

Hamilton aproveitou o pretexto e disse:

— Imagino como o senhor deve estar com problemas. Estou ligando para me solidarizar.

— Solidarizar com quê?

— Com a matéria que saiu em uma revista esotérica.

— Ahn.

— Não sei se o senhor já sabe.

Fez uma pausa. E continuou:

— Uma revista daqui chamada *A Outra Antena*, usando seu nome...

Hamilton ficou esperando. Não houve resposta. Enquanto pensava como dizer "sacanagem" em inglês, continuou:

— Foi uma amiga que me falou.

Hamilton ouviu um pigarro do outro lado. Entendeu que sua mensagem estava dada. Que o outro ia agradecer. Escutou.

— Fui eu mesmo, Dr. Rives.

Houve um silêncio. Se os telefones transmitissem a imagem, Henderson ficaria impressionado com o medo que Hamilton estampou no rosto. Ele passou a mão na testa, pôs o cotovelo sobre a perna, olhou para o chão. O silêncio continuou. Um dispendioso silêncio transoceânico.

— Você acredita? — Hamilton conseguiu dizer.

— Em quê? Na minha voz? Claro que acredito. Todos estavam lá. É minha voz, sem dúvida. Está gravada.

— No que diz, acredita?

Outro silêncio.

— Não. Não acredito em nada daquilo. Mas não explico. Não sei de onde tirei aquela história. É um mistério. E espero esquecer o mais depressa possível. Já andam desconfiando do meu trabalho. Como se eu fosse amanhã sair vestido de *hare krishna*.

— Dr. Plankter — disse Hamilton —, eu estive lá.

— Onde? Na Sibéria?

— No Monte Santo.

— Onde?

— É como chamamos no Brasil o lugar onde o senhor se perdeu.

Hamilton continuou velozmente, como se não quisesse pensar no que dizia. Como se não quisesse se arrepender.

— Eu também me perdi. Fiquei dois dias desaparecido e não lembro absolutamente nada daqueles dias. No mesmíssimo lugar em que o senhor disse ter estado. Ainda não vi o mapa, mas minha amiga disse há pouco pelo telefone. Ela esteve comigo.

Outro longo silêncio.

Hamilton pensou se seu inglês teria sido claro.

Henderson falou muito devagar, perguntando:

— Ela também desapareceu?

— Não. Ela esteve comigo em outra vez. Quando desapareci estava comigo um rapaz da região. Ele também desapareceu. Há mais uma coisa.

Hamilton deixou que houvesse um silêncio e continuou:

— Fizemos exames de algumas peças arqueológicas recolhidas na região... São feitas de um material desconhecido.

Hamilton sentiu como se o Dr. Plankter parecesse hesitar. Demorou alguns segundos e escutou a resposta.

— Dr. Rives, eu agradeço seu telefonema. Acredito que o senhor não esteja brincando. Acredito que não. Vi como trabalha sério. Não creio que esteja aí com um grupo fazendo pilhéria, com outros ouvindo na extensão, ou com um alto-falante. Mas, por favor, não volte a falar nesse assunto. Boa noite. Aqui já é tarde.

— Boa noite. Não disse uma palavra de brincadeira. Também prefiro esquecer tudo isso. Não voltarei a falar no assunto.

Tanto Hamilton quanto Henderson estavam enganados. Eles seriam obrigados a tratar daquele assunto muito antes do que esperavam.

CAPÍTULO 35

O Reencontro

Quando terminou a conversa com Plankter, Hamilton percebeu que não tinha alternativa. Ligou para Camila. O telefone estava ocupado.

Depois de ter falado com ele, ela ficou olhando o teto, pensando que passos daria. Não queria quebrar o encanto, como se através do telefone estivesse ligada ao amigo. E tinha medo. Queria saber o resultado de uma hipnose, mas temia o que pudesse descobrir.

Foi nesse momento que telefonou para Estevam. Disse que na sexta iria à casa de Hamilton. Que ele esperava os dois. E perguntou:

— Você conhece um bom hipnotizador?

Estevam disse que sim.

Quando desligou, o telefone tocou.

Era Hamilton.

Perguntou se ela poderia antecipar a conversa. Ir logo à casa dele. Ainda disse:

— Traga a revista de que você falou.

Era mais do que ela desejava. Saiu correndo.
Em quinze minutos, fez o percurso até o apartamento dele.

Hamilton abriu a porta. Tinha o semblante preocupado.
Todos os deuses do mundo eram pretexto para ver o rosto daquele homem; ainda que fosse robô, e mesmo programado. Naquele momento não dava atenção alguma aos deuses. Exceto para tê-los como pretexto, instrumentos da argúcia que nas mulheres apaixonadas é tão acentuada.
Hamilton foi direto ao assunto. Perguntou pela revista e leu rapidamente, sob o olhar caloroso e curioso de Camila. Ele não cansava de repetir:
— Não pode ser. Não pode ser. Não pode ser...
Depois de um momento parou de ler, olhou a amiga a quem não via há tempo e disse:
— É inacreditável.
Continuou olhando para ela por algum tempo. Ela nada dizia. Talvez nada visse também. Certamente nada além dele, sua cor nova, uma leve gordura adquirida, o fim do bigode.
— Só há um caminho — disse ele.
Fez um silêncio. Ela pareceu despertar.
— Um caminho para onde?
— Vou à hipnose.
Camila saiu do estado de deslumbramento. O telefonema dele, antecipando a conversa, a fizera esquecer o hipnotizador, os deuses, tudo. Agora despertara. E sentia medo. Tentou convencê-lo a não precipitar as coisas. O que ganharia com isso?
Foi então que ele disse que conhecia o professor Henderson. Trabalhavam em projetos semelhantes. Ligara para ele, em Frankfurt.

Ela abriu a boca. Ficou esperando a descrição da conversa. Ele disse o que escutara.

Ligaram para Estevam. Ele quis voltar atrás no acertado com Camila. Disse que esquecessem toda a história. Não valia a pena o esforço. Hamilton insistiu. Queria saber se conhecia um bom hipnotizador. E que fosse o mais discreto possível.

— Não vou fazer como o Henderson. Quero segredo.

Já era muito tarde quando Estevam ligou. Marcara a sessão para o sábado. Hamilton e Camila já tinham tomado uma garrafa de vinho branco. Tinham feito amor também.

CAPÍTULO 36

Os Endereços de Deus

Quando desligou o telefone, o Dr. Plankter estava desnorteado. Até então ele tinha a esperança de uma outra explicação para tudo que falara durante a hipnose. Agora era surpreendido por outro que também tinha estado perdido no mesmo lugar. Certamente, o desaparecimento nada tinha a ver com o que contara sob hipnose. Aquele brasileiro não iria repetir a história. Ainda que o fizesse, poderia ser influência do que lera na revista. Nunca ficara tão arrependido de uma brincadeira. Só para agradar Helga, sua amiga. Mas também estava curioso como nunca antes. Olhava para as mãos quando a secretária entrou.

Surpreso, perguntou por que ela ainda estava ali, àquela hora.

— Não quis deixar o homem sozinho lá fora.

— Que homem? Não estou esperando mais ninguém.

— O homem gordo que estava aqui com o senhor.

— Ele ainda está aí?

— Está. Disse que o senhor pediu licença para atender a um telefonema.

O Dr. Henderson Plankter pensou que aquela não era uma boa forma de terminar um dia de trabalho. Balançou a cabeça olhando para a mesa. Sem dirigir-se à secretária, disse que o mandasse entrar. Não imaginava uma forma de livrar-se do homem.

Quando ele entrou, o professor, sem refletir, disse o que lhe parecia a melhor forma de livrar-se do intruso chato. Enquanto arrumava seus papéis, em clara demonstração de que estava de saída, antes que o historiador sentasse e ele próprio já ficando em pé, confidenciou:

— Conheço outro.

O historiador não entendeu. Olhou para os lados, como se o químico falasse com outra pessoa na sala. Ou sozinho, até.

Deixando transparecer sua fúria, o professor disse:

— Conheço outro que esteve na gruta.

O historiador não conseguiu manter a pose. O cachimbo caiu no chão. Ele caiu sobre a cadeira. Debruçou a enorme barriga sobre as pernas. Nada disse. Arregalou os olhos e esperou. Era como se estivesse se preparando para ouvir a mais importante declaração de sua vida.

— Um colega meu. Um economista brasileiro. Estamos trabalhando juntos em um projeto de hidrelétrica na Sibéria. Ele também esteve perdido, há cerca de três anos, no mesmo lugar. Ficou desaparecido dois dias. Ligou para mim, imaginando que meu nome tinha sido usado sem minha autorização. Eu posso lhe dar o telefone. Ficou assustado quando contei que era verdade, embora eu não acreditasse em nada do que falei durante a hipnose.

O historiador deu um leve sorriso e deixou-se afundar no sofá, como se a lei da gravidade aumentasse, querendo mostrarse presente. Olhou em silêncio para o Dr. Plankter. O doutor parecia aliviado, ainda que ansioso. Depois, caricaturando a própria cara gorda, por baixo das grossas sobrancelhas, deixou escapar uma surpreendente aula sobre geografia divina.

— Dr. Plankter, o senhor sabe quantos deuses há no mundo?

O Dr. Plankter voltou a sentir uma pontada no estômago; e uma raiva incontrolável, como quando contabilizava o tempo se esvaindo inutilmente. Não imaginava o que iria ouvir em seguida.

Bilder continuou, sem qualquer preocupação com o humor do ouvinte.

— O senhor tomou conhecimento do último censo dos deuses...

Plankter ia levantar-se e expulsar o louco gordo à sua frente, quando ouviu a continuação:

— ...publicado no livro de Janete e Stewart Farrar?

O químico relaxou o corpo, dando um pouco de atenção. Seu rigor científico dava valor a qualquer informação, ainda que absurda, se ela tivesse um autor capaz de ser citado com referência bibliográfica.

Aproximando o corpo da mesa, como se desejasse falar dentro do cérebro do seu assustado e irritado interlocutor, Bilder continuou, falando pausadamente, cada palavra de uma vez:

— São mil, quinhentos e quarenta e três. — Fez uma pausa. — Deuses. Mil quinhentos e quarenta e três. Mil e trezentos, se eliminamos algumas repetições; e — fez uma careta para indicar desprezo — pseudodeuses. Simples mitos. Como o chamado deus Nikkal Sen, do Punjab, na Índia. Um deus que nasceu na Inglaterra e recebeu o nome de Nickolson. Virou general, foi governador na Índia e, de tanto dar ordens, terminou virando um deus.

Deu uma gargalhada de sua sabedoria e, sério, continuou:

— Dr. Plankter, destes mil e trezentos deuses espalhados por todo o universo, o senhor sabe quantos moram em cavernas? Sabe? Quantos? O senhor, que sabe tanto de moléculas, invente. Diga um número.

O Dr. Plankter saltou como se uma mola tivesse rebentado no forro de sua cadeira, expelindo-o para o alto, ejetado como nos aviões militares. Saltou gritando:

— Não sei, não quero saber, não me interessa. Por qualquer destes mil e trezentos, por qualquer demônio, saia desta sala ou chamo um guarda. Tenho coisas mais sérias com que me preocupar.

Bilder recostou-se e relaxou. Apanhou o cachimbo no chão, deu uma tragada, esperou que o doutor fizesse silêncio e disse o que o químico não esperava ouvir.

— Apenas cinco. Não é estranho? Entre tantos milhares de deuses criados pela imaginação do homem, apenas cinco moram em cavernas: Wac, Viracocha, Ohdawas, Coen e Aglunik. Mas isso não é o mais grave e surpreendente. Todos os cinco são deuses americanos: pericó, inca, iroquês, brasileiro e esquimó. Nenhum dos deuses europeus, das entidades asiáticas, das divindades africanas mora sob a terra. Os cinco únicos deuses que moram em subterrâneos vivem perto de onde o senhor esteve perdido.

"Viracocha, o deus inca, vive debaixo do lago Titicaca, localizado quase exatamente onde o senhor descreve que está a caverna dos deuses. Wac, também chamado de Tupuran, é um deus dos pericós, foi expulso do céu e confinado em uma caverna. Ohdawas é um deus dos iroqueses, mora sob a superfície e cuida de todo tipo de monstros, Coen é um deus brasileiro, de uma tribo; ele e seus irmãos escondem-se em cavernas. Aglunik é um deus dos esquimós que vive em uma caverna debaixo do gelo.

"Como o senhor explica que todos os raros deuses subterrâneos foram criados, ou existem de verdade, neste lado do Atlântico, onde o senhor encontrou os seus?

Embora não acreditasse em nada daquilo, o Dr. Plankter sentiu um forte arrepio ao longo de todo o corpo; até mesmo nos esquecidos pêlos de sua lisa calva.

Parte IX

CAPÍTULO 37

A Outra Hipnose

No sábado foram de carro até Ceilândia, a quarenta quilômetros de Brasília. À medida que se aproximavam, Hamilton era invadido por novas dúvidas. Já passara muitas aventuras. Mas jamais se aventurara com a própria cabeça.

Tentando fazer humor, olhando para Camila, disse:

— Com o coração eu topo brincar. Com a cabeça não.

— Você nunca brincou com o coração — respondeu ela.

— Ao menos com o seu.

O que mais o inquietava era a paisagem da qual se aproximava. Não podia acreditar que naquele lugar pudesse haver um hipnotizador respeitável.

Estevam estacionou o carro perto de uma caixa-d'água em frente a um edifício comercial de dois andares. Subiram os dois lances de escadas. A porta da sala estava aberta. Nela, estava um homem muito magro. Parecia um traço dobrado, desenhado na parede, entre uma cadeira e uma mesa. Usava uma camisa surrada, suspensórios que suportavam calça muito folgada e velha. Abriu a gaveta, colocou dentro o livro que lia. Sobre a mesa havia um outro, com título em alemão. Hamilton achou que a tradução seria "A Alma de Deus".

Ao entrar, Estevam disse que eram as pessoas indicadas por Rômulo. Percebeu uma cadeira de madeira, de ângulos absolutamente retos, com o assento mais elevado do que as outras. O encosto muito alto. Parecia tão desprovida quanto deveria ser uma cadeira elétrica, sem os apetrechos para o choque.

Hamilton pensou em recuar. Disse que naquela tarde não tinha muito tempo. Perguntou se poderia ser outro dia. O velho não respondeu. Olhou para Estevam. Fora, havia gritos de meninos jogando futebol.

Estevam insistiu. Hamilton pediu que fosse rápido. O homem indicou um outro assento: um surrado e velho sofá onde Hamilton caiu confortavelmente, apesar de começar a temer os efeitos alérgicos que o pó acumulado provocaria em seu nariz e pulmões.

Sem uma palavra, com gestos apenas, o homem magro começou a sessão. Estevam ligou o gravador. Camila sentou no ponto mais distante. Não tirava os olhos de Hamilton.

O hipnotizador deu início ao que seria o mais longo de todos os seus trabalhos, em sessenta anos de atividade, desde que, em Vitória de Santo Antão, com dezesseis anos, iniciara sua fiel curiosidade pela hipnose, assistindo às experiências do juiz de direito Dr. Edgardo Santos de Morais. Foi também o depoimento mais surpreendente e revelador que conseguiu em toda a sua vida. Quando terminou, caiu em um sono tão profundo que Camila, Estevam e Hamilton, um tanto grogues, dormiram ali mesmo, esperando o domingo que não tardaria a amanhecer.

Antes, excitada, ela contou o que tinha escutado. Disse que chorou tanto e tantas vezes que depois de duas horas de depoimento Estevam a obrigou a descer até o bar em frente. Mas voltara logo depois. Segundo Estevam, ela perdera uma parte inquietante, absurda e surpreendente. No total, foram sete horas e meia de gravação, que ele escutou no dia seguinte.

CAPÍTULO 38

Homero e Heráclito

Na segunda-feira, quando terminou de escutar pela terceira vez as fitas da sessão, Hamilton decidiu ligar outra vez para o professor Henderson. O químico estava tentando evitar Bilder, que, na ante-sala, insistia em entregar pessoalmente dois livros sobre os mitos dos deuses subterrâneos, um escrito em 1718, outro mais recente, com base em informações captadas de um satélite da NASA.

O químico tomou um susto ao ser informado do chamado do Brasil. Tapou o bocal do telefone e mandou que a secretária dissesse a Bilder que entrasse.

O historiador entrou e não conseguiu disfarçar: fora informado pela ingênua secretária que não interrompesse o chefe, que atendia a um telefonema do Brasil. Aproximou-se o mais que pôde. Apesar do claro constrangimento do químico, encostou a cabeça ao aparelho, tentando escutar o que se dizia do outro lado. Logo cansou da incômoda posição. Nunca antes ouvira uma ligação onde um só lado falava por tanto tempo.

Hamilton contou tudo o que escutara de sua própria voz na fita gravada durante a sessão. Cada passo da visita à gruta, que ele nem ao menos lembrava ter feito. Contou como se lesse a matéria da revista *A Outra Antena*.

Quando parecia terminar, ele disse:

— Dr. Plankter, eu quero voltar lá. Queria saber se o senhor aceita ir também.

Henderson perdeu o controle. Depois de quase vinte minutos escutando em silêncio, ao ouvir a proposta, gritou num tom que nunca antes usara em toda a sua vida:

— Não sou louco. Não sou louco. Não sou louco.

Começou dizendo em inglês, língua que Hamilton falara o tempo todo. Depois falou em alemão e também em português.

Bilder levantou-se assustado. Deveria ter acontecido algo muito grave.

Hamilton voltou a falar. Estava bastante calmo.

— Henderson, isso é muito sério. Não pode ser coincidência.

Henderson insistiu que não tinha tempo. Tinha muito trabalho a fazer. Algumas pesquisas estavam atrasadas.

Hamilton foi duro.

— Que cronograma merda nenhuma. Você está pesquisando material de limpeza para donas-de-casa. Eu estou propondo encontrar Deus. De uma vez por todas, desvendaremos todos os mistérios do mundo. Você vai ser um completo tonto, diante do tanto que saberemos.

— Você está louco — foi a resposta do químico alemão.

Bilder pareceu adivinhar parte da conversa.

— Diga que estou aqui.

Sem dizer palavra, suando muito, olhando para lugar nenhum, Henderson passou o telefone para o historiador. Era como se quisesse se livrar de algo que queimava, que incomodava e irritava, algo que não queria ter nas mãos. Depois de passar o telefone, disse:

— É o Dr. Hamilton Rives. Economista brasileiro. Ele esteve na gruta e também fez hipnose. Disse muita coisa igual ao que eu falei. Agora quer voltar lá.

Bilder demorou a se recuperar. Agarrou o telefone e disse:

— Dr., Dr... ehm, Dr., aqui fala, meu nome é C.R.C. Bilder, historiador, sou amigo do professor Plankter. Estamos trabalhando juntos neste caso. Sou especialista em mitos...

Hamilton pensou em dizer que não gostava de chantagistas. Controlou-se, lembrando que o tal cara estava na sala de Henderson.

— Eu não acredito em nada disso — disse. — É loucura.

— Então não diga a ninguém o que o senhor parece ter dito ao professor Henderson — respondeu o historiador. — Ele acabou de me dizer que o senhor já esteve e quer voltar à gruta. Não sei ele, mas eu aceito o convite. Mais que isso, conseguirei um financiamento para todos os gastos que tivermos, de viagens e outros. Qualquer um aceita pagar para fazer uma caça aos deuses. Será a maior descoberta de todos os tempos. O que o homem sempre desejou. O ponto onde a teologia se transforma em ciência. Onde Santo Agostinho vira Einstein. E São Tomás de Aquino é Indiana Jones.

Nos dias seguintes, o historiador conversou diversas vezes com Hamilton. Ligou também para Estevam e para Camila, com a qual já falava familiarmente. Não revelou a fonte que financiaria sua viagem com o professor Plankter. Garantiu que não seria *A Outra Antena*. Ficou ofendido quando os amigos brasileiros disseram que não queriam nada publicado em revistas.

— Senhores, eu estou querendo encontrar Deus. Ou então encontrar como as histórias surgem e se espalham no inconsciente coletivo da humanidade. Não sou folhetineiro, nem jornalista.

Para estas últimas palavras, ele se expressou em francês.

Chegaram na semana seguinte, aproveitando as férias de Natal na Europa. Desembarcaram em Brasília num começo de tarde, descansaram até o começo da noite e, depois de um passeio pela cidade, foram jantar na casa de Hamilton, com Camila e Estevam.

Desde o primeiro momento, Bilder e Estevam se chocaram. Tinham visões completamente diferentes sobre como tratar a mitologia e o problema dos deuses da gruta. Estevam era um poeta da mitologia, com traços de misticismo. Bilder era um detetive da mitologia, com rasgos científicos. E já se sentia dono da propriedade que Estevam não se cansava em dizer que descobrira. Em um determinado momento, Bilder disse:

— Menino, você ainda não tinha nascido quando o professor Henderson, aqui presente, esteve no Éden. Quando Henderson esteve lá, os deuses, se isso tudo for verdade, já tinham meio milhão de anos de civilização subterrânea. Os deuses não têm donos.

Estevam quis se defender:

— Eu não quero ser dono de nada. Só não quero quebrar o encanto.

— Que encanto? Se existirem, eles programaram estes dois senhores para que aprontem alguma coisa contra toda a humanidade. Eles estão em guerra conosco.

Os amigos se olharam. Ainda que no íntimo pensassem assim, era a primeira vez que era colocado em palavras.

Camila disse que não estava em guerra com ninguém.

— Mas Eles estão conosco. Se Eles existem, estamos em guerra. Este senhor — apontou para Estevam — é como Homero: acredita na paz com os deuses. Eu penso como Heráclito. Se nos unirmos aos deuses, o mundo perde a razão de ser. A vida é uma guerra entre coisas e deuses. E nós, andróides ou homens, estamos no lado das coisas.

— E por que o senhor ainda acha que nada disso existe? Como explica tudo isso?

Estevam fez a pergunta com ar de deboche, mas, ao mesmo tempo, como todo professor brasileiro, até os de esoterismo, com um certo complexo de inferioridade diante de um europeu.

— Minha hipótese é que esta história pertence aos primórdios da humanidade. Está registrada no íntimo de cada pessoa. Alguns contam a outros e fica registrada. Um dia surge.

Estevam não perdeu tempo para expor sua posição:

— É. Mas parece estranho que aconteça com dois intelectuais, depois de terem estado desaparecidos no mesmo lugar. Só um estúpido, desculpe, Dr. Bilder, mas só quem não quer ver não vê.

— O senhor me ofendeu.

— Desculpe. Retiro o estúpido. Foi tolice minha.

— Não é isso. O senhor me chamar de estúpido não me incomoda. Sua capacidade de julgamento não permite fazer diferença. Ofende que me diga que não quero ver. Foi para ver que vim de tão longe. Apenas não acredito que haja alguma coisa para ver.

O professor Henderson acrescentou:

— O que mais me incomoda, e por isso vim aqui, é que eu estaria programado sem saber para quê. Tenho de saber.

Hamilton olhou para Camila, que lhe apertou a mão. Eles já tinham discutido isso nos dias anteriores.

Estevam ficou calado. Bilder fazia um monótono movimento de tirar e pôr o cachimbo na boca. De repente disse, rápido, como se não quisesse se arrepender:

— Não sabemos para quê foram programados, mas sabemos que os dois tiveram muito sucesso na vida. Podemos submeter todos os cientistas à hipnose. Descobrir quantos outros foram também produzidos.

Henderson levantou-se. Hamilton também. Bilder continuou:

— Receberam a chispa do conhecimento, diretamente de Deus. É a isso que se chama inspiração.

— Mas com que propósito? — perguntou Estevam.

Durante toda a noite, o assunto foi exatamente o mesmo. Salvo os diálogos entre Estevam e Bilder sobre mitologia, com uma e outra visão que cada um deles tinha, discutiu-se o tempo todo o mistério daquelas revelações e o risco que elas traziam se tudo fosse verdade. Nenhum queria discutir o que fariam se voltassem lá.

Eles concordavam que alguma surpresa ocorreria. Mesmo que a surpresa fosse nada acontecer.

A primeira surpresa aconteceu ainda naquela noite, depois do jantar, quando eles chegaram ao Hotel Aracoara, onde os dois estrangeiros estavam hospedados.

Parte X

CAPÍTULO 39

O Eixo Moscou-Washington

Naquela mesma hora, em Nova York, um norte-americano, com cerca de quarenta anos, bem-vestido, mas displicentemente, sem esconder uma certa ansiedade, com uma pequena maleta, apresentou-se no balcão da Varig, no Aeroporto Kennedy.

— Meu nome é Gordon, Mark Stewart Gordon.

O funcionário respondeu imediatamente, de forma quase que servil:

— Sim. Sim, Sr. Gordon. Estávamos esperando pelo senhor. Recebemos o chamado de sua secretária da Casa Branca.

Abriu uma meia porta ao lado do balcão e pediu que passasse, conduzindo-o até um escritório no interior. Um homem sentado por trás da mesa levantou-se, cumprimentou-o, pediu desculpas por não o ter esperado na saída do avião que vinha de Washington. Gordon disse que não se preocupasse. Queria apenas checar o vôo; e, enquanto esperava, ter um lugar onde pudesse usar seu microcomputador, porque tinha algum trabalho e uma comunicação a fazer antes do embarque. O homem providenciou uma pequena sala ao lado, perguntou se ele estava confortável e deixou-o.

Gordon conectou seu microcomputador portátil a uma tomada e depois ao telefone, levantou a tampa, que se transformou em um monitor, e apertou alguns botões do teclado. Não esperou muito, e surgiram textos na tela. Fez mais alguns movimentos no teclado, esperou um tempo mais longo e, depois que surgiram algumas informações no monitor, escreveu:

— De Gordon para Spassky.

Através de uma das redes internacionais de comunicação, passou a seguinte mensagem, dirigida a um endereço eletrônico em Moscou:

"Viajarei às 11:30 nesta noite, hora de Nova York. Minha secretária falará por telefone com o professor Henderson em Brasília. O Dr. Hamilton e o historiador esotérico, Bilder, estão com ele. Serão avisados para me esperar no aeroporto amanhã no começo da tarde. Lá será mais fácil controlá-los. De lá voltarei a comunicar-me com você. Continue a executar o plano. Ligarei o microcomputador logo que chegar ao hotel para receber sua mensagem, Gordon."

CAPÍTULO 40

O Intruso

Depois do jantar, os amigos foram levar os estrangeiros ao hotel. Por sugestão e convite de Bilder, desceram do carro para tomar um conhaque. Na portaria havia um recado para o professor Henderson. Estava escrito em inglês.

"Favor ligar para o número 202.371.16.72, em Washington DC, a qualquer hora."

Ao ler o recado, Henderson disse ao porteiro, em inglês, que aquele recado não era para ele.

O porteiro insistiu:

— O senhor é o Sr. Henderson Plankter. Está no apartamento 702. A chamada foi muito clara. Pediu que repetisse. Já ligou duas vezes. O recado é para o senhor.

Henderson então falou em alemão, como se apenas pensasse, ainda que olhando para os companheiros, como pedindo apoio para solucionar a charada:

— Não conheço ninguém em Washington. Ninguém que pudesse querer falar comigo. E ninguém, absolutamente ninguém, nem meus filhos, sabe que vim para o Brasil. Não queria que a revista descobrisse. Disse a eles que estava indo para a África.

Bilder coçou a cabeça com o cachimbo e disse:

— Vamos para o seu quarto e de lá telefonamos.

Parecia pensativo. Como se tivesse uma idéia. Ou quisesse dar a impressão de ter.

A ligação foi imediata. Parecia que o interessado estava ao lado do telefone.

Henderson se apresentou. Do outro lado uma mulher foi logo falando. Bilder encostou o ouvido. Ficou repetindo o que ouvia, com o movimento dos lábios, sem emitir som. Muitas coisas os amigos não entenderam. Mas o que perceberam deixou-os assustados.

— Sim senhor, quero dizer, professor Henderson. Muito obrigada por ter ligado. Meu nome é Susan Swanson, sou a secretária do senhor Gordon, Mark Stewart Gordon, assessor do presidente. Ele está sabendo que o senhor fez esta viagem e por que a fez. Não me pergunte nada. Ele explicará tudo amanhã. Chegará no vôo 420 da Transbrasil, saindo do Rio às doze e trinta da manhã. Por favor, não viajem antes de ele chegar.

Os cinco ficaram assustados, mas diferentemente. Estevam andava pelo quarto, repetindo que não deveriam continuar aquela loucura de procurar os deuses. Hamilton olhava para Camila dizendo que isso provava que algo havia naquela região. Henderson se perguntava como aquele Gordon descobrira a viagem, a presença e o interesse dele. Olhou desconfiado para Bilder. O tempo todo dizia que não queria problemas com os americanos: "São mais fortes, mais violentos, e têm mais armas do que os deuses." Camila dizia que isso mostrava a necessidade de não pararem agora. Bilder ficou calado.

Foi Hamilton quem iniciou o debate sobre a conveniência de esperarem ou não pelo americano.

Bilder pareceu despertar de suas reflexões. Disse que ia dormir. No dia seguinte, propôs, pensariam.

Levantou e saiu do quarto. Os amigos de Brasília também desceram. Henderson ficou no quarto. No outro dia, ele tomou café sozinho.

CAPÍTULO 41

A Partida

Às nove horas Hamilton chegou ao hotel. Fariam uma visita ao Departamento de Química da Universidade e aproveitariam para ver os exames das peças compradas no Monte Santo. Ligaram para Bilder, querendo saber se ele queria ir. Não estava no quarto.

Procuraram na sala de café. Não estava. Perguntaram na portaria.

— Saiu do hotel — informou o porteiro.

— Foi passear? — perguntou Hamilton.

— Não. Ele pagou a conta e saiu.

Hamilton riu. Disse que Bilder e eles estavam juntos num mesmo trabalho. De certa forma, Bilder era o coordenador.

— Pois ele saiu do hotel — repetiu o porteiro. — Contratou um táxi para fazer uma viagem de dois dias. Lá por Mato Grosso. Eu ouvi a negociação do preço. Ele vai pagar em dólar.

Hamilton sentou no primeiro sofá. Henderson ficou olhando para a porta.

Foi ele quem primeiro falou:

— Este homem é absolutamente louco. Percebi desde o primeiro momento que chegou à minha sala. Eu vou embora hoje. Não tenho nada a fazer aqui, Dr. Rives.

Hamilton levantou:

— Calma. Calma. É claro que ele foi sozinho para o Monte Santo. Vamos ter de pensar um pouco o que fazer. Iremos também.

— Eu não quero ir — disse o químico.

Foi quando Camila chegou. Contaram tudo a ela.

— Ele viajou antes que o Gordon chegasse — disse ela. — Acho que devemos viajar imediatamente. Deixemos que este gringo fique por aqui.

Hamilton disse que concordava com Camila. Ela continuou falando. Disse o que era inesperado, mesmo diante do absurdo que eles viviam. Ainda assim, fez sentido:

— Os americanos querem se apropriar dos segredos dos deuses para poderem dominar o mundo.

Henderson disse que não faria uma coisa dessas. Dissera que o esperaria no aeroporto. Ia cumprir o compromisso.

Ligaram para Estevam, contaram o que estava acontecendo.

— Eu estou fora — foi a resposta. — Não quero mais saber desse assunto. Não dá para desafiar os deuses, enfrentar os gringos e ainda ter de agüentar um alemão doido e outro imbecil.

Não houve acordo. Desligaram, sabendo que ali estava um fora do time. Nesse momento, um mensageiro se aproximou:

— O senhor é o professor Henderson? O hóspede do 903 deixou este bilhete para o senhor.

Henderson leu o bilhete, em alemão, traduziu para o inglês e comentou:

— Partiu para escapar de Gordon. Foi para o Monte Santo. Disse que tem a suspeita de que Gordon foi mandado pela

CIA. Vai querer interromper nosso trabalho. Sabe o que este idiota diz no final? "Nos vemos no Aracoara do Éden."

Henderson perguntou o que era Aracoara.

Hamilton não respondeu. Estava andando de um lado para o outro, repetindo desesperadamente: "É louco. É louco, louco." Henderson continuou perguntando o que era aquilo do bilhete. Camila respondeu, sem dar maior atenção:

— É o nome deste hotel.

E continuou tentando acalmar Hamilton.

O mensageiro se aproximou, avisando que havia uma chamada para o professor Henderson. Entreolharam-se. O professor disse:

— Se for o louco do Bilder, não atenderei.

Camila e Hamilton ficaram de longe, observando a conversa. Foi muito rápida.

O professor voltou e disse:

— Era Gordon. Está no Rio e vai tomar um avião antes do previsto. Pediu que fôssemos para o aeroporto.

Houve um silêncio.

— Acho que deveríamos ir diretamente para o Monte Santo — disse Camila.

Foi Henderson quem resolveu.

— Não vou. Prefiro fazer tudo dentro do oficial. Contando com o apoio do governo americano.

Decidiram ficar. E não falar nada sobre o desaparecimento de Bilder.

CAPÍTULO 42

O Homem em Moscou

O vôo de Gordon atrasou. Só chegou às 12:45, e chegaram ao hotel às 13:20. Na sala de espera, assistindo à televisão, estava Bilder.

Sem se levantar, olhou para eles, que se entreolharam. Foi Camila quem tomou a iniciativa de apresentar o historiador ao norte-americano. Cumprimentaram-se com clara antipatia mútua.

Depois de registrar-se no hotel, para um quarto já reservado, que contava com uma linha telefônica direta instalada pela embaixada americana, Gordon pediu licença, subiu e disse que desceria depois de um banho. Os outros preferiram conversar no quarto de Henderson.

Subiram todos juntos no elevador. Os quatro desceram no sétimo andar. Gordon continuou até o nono.

Antes mesmo de entrarem no quarto, Henderson não resistiu, olhou para Bilder e disse:

— Eu não aceito irresponsabilidade. Por que você nos abandonou?

Bilder ia respondendo quando Camila disse:

— Ele escreveu por que saiu. Já sabemos. Quero saber por que voltou.

Bilder aproveitou para escapar do fogo verbal de Henderson e respondeu candidamente:

— No caminho lembrei que vocês não saberiam tratar este senhor Gordon. Seria uma temeridade. Vocês fariam o que ele quisesse. Além disso, eu ia ficar sem as preciosas informações que ele talvez tenha.

Terminou de dizer no exato momento em que desabava com todo seu peso sobre a única poltrona do quarto. Os outros sentaram-se calados na cama.

Pouco depois chegava Gordon.

Com a desculpa de que tinha esquecido dois livros e um mapa que queria mostrar a eles, Bilder saiu um instante do quarto de Henderson. Mas não foi para o seu. Subiu para o nono andar, procurou a camareira, disse que era companheiro do Dr. Gordon, do quarto 917, que tinha de pegar algumas chaves. Sem dificuldades, convenceu-a a abrir a porta. Entrou pensando que nunca imaginaria que seu imperfeito português um dia lhe seria útil. Ainda pensou: "Útil para procurar Deus."

Com sua maneira de olhar tudo, viu sobre a mesinha o microcomputador aberto com alguma coisa escrita. Foi diretamente para lá e leu uma mensagem que estava chegando naquele momento.

"De Gregory para Mark Gordon. Recebi sua mensagem às nove e trinta, hora de Moscou. Continuo procurando. Segure os três. Fico esperando notícias. Spassky."

Bilder manipulou o teclado. Em pouco tempo, apareceu no monitor, logo acima, a mensagem que Gordon enviara na noite anterior, de Nova York para Moscou.

Diante do micro, Bilder suava toda sua gordura. Percebeu que estava diante de coisas ainda mais sérias do que imaginava. Agradeceu a Deus que um dia tivesse começado a dedicar tanto tempo ao uso de computação. Mesmo assim, temeu não saber os programas e códigos que o norte-americano poderia ter usado. Queria olhar todos os arquivos para ver o que fora escrito antes. Que mensagens tinham sido trocadas. Queria ver o máximo. Mas poderia deixar para depois. O importante era conversar com o homem do outro lado do mundo. Não tinha certeza se poderia depois apagar a mensagem que ia escrever. Mesmo assim tentou. "Ser descoberto é menos mal do que jogar fora a chance de descobrir", pensou.

Naquele instante já era tarde em Moscou. Mas em uma sala do Kremlin, no mesmo andar do escritório do presidente da URSS, uma luz continuava acesa. A secretária abriu a porta que dava para a ante-sala e disse para o homem sentado atrás de uma mesa com um microcomputador em frente:

— Camarada Gregory, ainda precisa de mim?

— Não, Ana Valina. Vou ficar ainda algum tempo. É cedo em Washington. Creio que o embaixador ainda está em seu gabinete. Vou tentar falar com ele através da rede.

Quando a porta foi fechada, Gregory Spassky ficou rabiscando em um papel. Mas sua atenção estava toda no monitor do micro. Depois de poucos minutos, virou sua cadeira para o micro e continuou a escrever com o papel apoiado sobre a perna. Mesmo assim, não conseguia deixar de levantar o rosto a cada minuto, olhando a tela em branco.

Spassky já ia desistir, achando que o destinatário não estava presente, quando lhe chegou a mensagem: "Obrigado. Que procura neste momento? Gordon."
Respondeu imediatamente:
"Os mesmos — Paul Leonard, em Paris, Rinaldi, em Turim, e Peter Howard, que parece estar em Oxford. Darei um jeito de agarrá-los. Spassky."

Bilder ficou horrorizado: em inglês, a palavra agarrá-los podia significar muitas coisas. Mas ele achava que era a mais grave de todas. Teve medo. Decidiu sair dali o mais rápido possível. Escreveu um: "Ok. Desligo. Gordon." Deu um certo tempo. Apagou as mensagens e saiu.
Disse muito obrigado à camareira balançando seu chaveiro, que disse ser o que o amigo queria. Ainda passou em seu quarto, pegou dois livros quaisquer e um velho mapa do Brasil.
Ao entrar no quarto de Henderson, encontrou Gordon já se despedindo. Os brasileiros já tinham saído. Henderson estava esgotado. Bilder quis saber o que tinham conversado. Gordon disse que depois os outros passariam as informações. Aborreceu-se, mas não teve como saciar sua curiosidade. Furioso, sabendo a importância do que tinha descoberto, foi para o quarto. Esperaria o dia seguinte para ouvir a versão que o americano teria criado.

Quando chegou a seu quarto, Gordon foi direto para o micro. Spassky já não estava no escritório. Mesmo assim deixou-lhe uma longa mensagem.

"Obrigado por sua mensagem.

Aqui, identifiquei mais um visitante da gruta. Um jovem que estava com Hamilton. Não se sabe dele, mas amanhã vamos tentar descobrir. Pedi ajuda à CIA. A conversa com os dois foi fascinante. O historiador é perigoso. Há também uma menina. O ideal seria tirá-los do circuito. Mas não vai ser fácil. O Bilder porque é muito esperto. Melhor tê-lo por perto do que fazendo besteira por aí. A menina porque deu-me a impressão de que é uma espécie de namorada do Hamilton.

Eles não sabem de nada e estão nisso por curiosidade e induzidos pelo Bilder. A maior parte da conversa foi sem a presença deste. Por alguma razão, ficou muito tempo fora. Tenho a impressão de que a água aqui de Brasília e a comida lhe fizeram mal. A expressão de seu rosto era de quem precisava ir ao banheiro.

Disse-lhes o que combinamos. Parecem aceitar a idéia de colaborar.

Tenho saudades do tempo em que não sabia nada disso. Agíamos por convicção pessoal. Tenho vontade de lhe dizer que foi uma má idéia esta de nos submetermos à hipnose. Não consigo ser mais o mesmo.

É isto. Bom dia para você, enquanto eu durmo no Brasil. Com a integração mundial, creio que um dia as pessoas se organizarão por fusos horários, conforme os trabalhos que fazem e os companheiros que têm, e não conforme as fronteiras dos países onde vivem. Ao acordar, espero já ter alguma nova mensagem sua. Gordon, de Brasília."

Quando terminou de escrever a mensagem para o amigo moscovita, Gordon decidiu tomar outro banho, ligar para a esposa em Bethesda, no estado de Maryland, e dormir. Estava cansado e precisava se preparar para o dia seguinte. Ao fazer uma análise de sua conversa, achou que tinha convencido os professores. A menina era mais bonita e ativa do que perspicaz. Não gostara do comportamento do historiador Bilder. Era esquivo e parecia desconfiado. Também parecia o mais interessado na viagem. No dia seguinte, ia ter de conquistá-lo para a idéia de abandonar a procura.

CAPÍTULO 43

O Desmascaramento

Quando desceram, o porteiro disse que Bilder tinha acabado de sair.
— Saiu no Monza TX-2534. O motorista me disse que aquele alemão é louco, mas paga bem.

Camila achou que se saíssem logo daria para alcançá-lo na estrada. Mas primeiro foi preciso pagar a conta de Henderson. Só conseguiram sair com um atraso de meia hora em relação ao historiador. Mesmo assim, saíram querendo alcançá-lo. E conseguiram antes mesmo de Goiânia.

Mesmo seu olhar atento precisou de tempo para perceber que no carro ao lado, na estrada, estavam seus companheiros. Bilder prestou mais atenção e se alegrou ao constatar que o americano não estava com os demais.

Todos pareciam alegres. Até Henderson. Como crianças que tinham conseguido realizar uma grande proeza.

Bilder perguntou por Gordon.

Camila, gritando de um carro para o outro, disse:

— Ficou no hotel. É um bobão. Ficou dormindo. Veio pelo motivo errado. Deixamos para trás. Há duas horas que rimos dele. Nem falou na gruta. Seu interesse é com a ecologia.

O carro dos amigos parou em frente. Bilder mandou parar o táxi e não reclamou: pagou integralmente o que acertara com o motorista e dispensou-o. Quando passou para o carro de Hamilton, disse que não queria roubar os deuses só para ele. Apenas não queria dividi-los com a CIA nem correr o risco de ser preso por seus agentes.

Perguntou o que Gordon lhes dissera. Ouviu a história.

O americano era apenas assessor do presidente para assuntos científicos e do meio ambiente. Nada tinha a ver com os deuses ou com os subterrâneos. "Certamente nunca tinha ao menos escutado falar nos deuses", disse Henderson, tranqüilizado. Fora informado de que Henderson e Hamilton iam fazer um projeto de devastação da Amazônia. Queria ajudar a evitar a destruição, sem impedir os grandes negócios que daí surgiriam. Quando foi informado de que iam fazer uma viagem turística, o americano ficara satisfeito.

Bilder riu. Sob os olhares assustados dos companheiros, começou a contar como entrara no quarto de Gordon, como tivera acesso aos arquivos do microcomputador.

— Nada era secreto. Bastou descobrir o programa que ele usava.

À medida que contava o que tinha lido nos arquivos do micro de Gordon, os companheiros iam se assustando e percebendo que tinham entrado em uma rota de colisão com o poder mundial. Que estavam envolvidos em assunto muito sério. Talvez o mais sério que já tivesse um dia acontecido no mundo.

— Vi seu currículo. Está arquivado no micro. Gordon esteve aqui, quando jovem, como Voluntário da Paz. Num país onde basta falar duas línguas para ser considerado poliglota, logo conseguiu ser assessor de presidente. Mas não é na área de Ciência e Tecnologia, como disse. É assessor para assuntos internacionais. Encarregado de desanuviar as relações com a União Soviética.

"Com esta função, foi um dos homens que ajudaram na pacificação dos dois países. Ao menos é o que está registrado nas entrelinhas. Ele do lado americano e um tal de Spassky do lado russo".

Os amigos passaram a duvidar do que escutavam. Acharam que Bilder estava brincando com eles, ou definitivamente louco com aquelas especulações sem sentido. Henderson preferia acreditar no lado oficial das coisas. Achou que Bilder era o espião. O historiador continuou, comprovando que era um inventor de histórias fantasiosas.

— Os dois estiveram no Brasil. Foram levados para dentro da gruta. Estão tentando nos impedir de voltar lá. Tudo isso está arquivado no computador deles.

Bilder contava sua fantástica história inverossímil, e os amigos o ouviam em silêncio. Não podiam acreditar em uma história tão complicada, mas perceberam que a versão contada pelo gringo era simples demais para não ser verdadeira.

— Se é verdade, senhor Bilder — perguntou Camila —, como o senhor sabe de tudo isso?

— Além do currículo, o gringo tem todas as suas cartas e as do russo arquivadas no micro. Eles se comunicam através de uma rede eletrônica.

No dia seguinte, ao entrar no banheiro, Gordon descobriu que gastara, na véspera, quase todo o diminuto sabonete. Telefonou e da portaria disseram que a camareira iria levar outro imediatamente.

Não demorou três minutos quando bateram na porta. A camareira, uma mulher simpática, disse:

— O senhor desculpe. Mas nós nunca nos esquecemos de pôr dois sabonetes. Deve ter sido o seu companheiro que usou.

Gentilmente ele explicou que havia um só, ele que gostava de usar dois de uma vez. E, rindo, disse que não tinha companheiro. Estava só no quarto. Ela disse que sabia, estava falando do gordo que tinha vindo buscar umas chaves.

Gordon despertou imediatamente para a ausência do historiador durante quase toda a reunião com os demais. Foi ao microcomputador e, com a intimidade de uma longa relação com a máquina, teve a sensação de que o micro fora usado. Velozmente moveu o teclado, olhando que tipo de informações estavam disponíveis para o intruso, e recostou-se na cadeira, sabendo que sua estratégia tinha de ser modificada. Foi ao telefone e chamou o quarto de Henderson. Ninguém respondeu. Ligou para a portaria e disseram que ele estava naquele momento entrando em um carro e saindo do hotel. Saiu correndo. Não esperou o elevador, mas, ao final dos nove andares, não viu nem ao menos o carro.

Ali mesmo acertou como viajaria, de avião particular, para Barra do Garças.

Parte XI

CAPÍTULO 44

A Primeira Descoberta

Depois das doze horas de viagem até Barra do Garças, o grupo que desejava encontrar os deuses estava tão cansado que esquecera a própria missão divina. Foram diretamente para o hotel. Na sala de espera estava Gordon.

Quem primeiro o viu foi Camila. Agarrou o braço de Hamilton e apontou para o sofá. O americano olhava para eles com um ar de deboche, pela imprevisibilidade do que iria ocorrer. Henderson continuou na calçada. Desde que o carro entrara na cidade, ele repetia que era impossível imaginar que aquele era o diminuto povoado onde ele um dia passara.

Hamilton teve de ir chamá-lo, puxá-lo pela manga da camisa e apontar para Gordon.

A reação do alemão foi surpreendente: caiu no riso. Riu como se assistisse a uma dessas comédias em que um oficial nazista deita em almofadas para almoçar com nobres da Roma antiga. O riso decorrente do inusitado, do fora de lugar, do que não pode acontecer. Até que parou, sabendo que algo teria que acontecer.

E tocaria diretamente nele.

*

Foi Gordon quem disse a primeira palavra. Falou em português.

— Olá. De avião é mais rápido.

Não conseguiu fazer qualquer graça. Bilder tomou a iniciativa de falar. Sem saber se o americano sabia que ele sabia, decidiu arriscar:

— Mr. Gordon, qual o seu interesse nesta viagem? Nós temos o direito de desconfiar.

— Não, Herr Bilder. O senhor não tem este direito.

Houve um silêncio.

— Porque o senhor já sabe de tudo. Quase tudo! O senhor leu o arquivo de meu computador. Tenho certeza disso. Mas o senhor não sabe tudo, porque nem tudo está escrito ali.

Camila foi a primeira a sentar. Depois os outros a imitaram. Apesar do cansaço, antes mesmo de se registrarem no hotel, ouviram o que o americano tinha a dizer:

— Para começar, meu nome é realmente Gordon. Eu também estive na gruta, com os deuses. E fui programado. Tanto quanto vocês dois.

— Você diz isso porque sabe que eu sei.

— Mas você não sabe o que eu sei: a finalidade para a qual fomos programados, cada um de nós — retrucou Gordon.

Bilder e Camila ficaram atentos, a boca aberta, ansiosos. Henderson e Hamilton, além disso, suavam. Havia em seus rostos uma linha invisível separando a ansiedade de saber do desespero de conhecer o que temiam.

— Eu sou assessor da Casa Branca. Não da área de Ciência e Tecnologia. Trabalho na assessoria de relações internacionais, no setor de desarmamento. Nas funções que exerço, recebo informações sobre a vida de cientistas cujo trabalho se relaciona com a indústria de armas. Seu nome está na lista. — Apontou para Henderson. — Em condições normais, um artigo como aquele iria para o meu arquivo de perfil de cientistas. Um dia talvez precisássemos daquela informação. Mas naquele caso foi diferente. Eu estivera no Brasil. Nesta região. Aqui mesmo, nesta cidade, eu estive quando jovem. Aqui namorei, aprendi meu primeiro idioma estrangeiro, tive muitos amigos, tenho imensas lembranças.

Fez uma pausa e continuou:

— Vocês imaginam o impacto que a notícia de Henderson me provocou. Eu também fiquei desaparecido por dois dias. Restou-me um branco, desde então. Depois, ficou um branco sobre o branco. Quando li a matéria, tudo o que eu passara naquela época voltou à lembrança. As brincadeiras dos amigos, minha curiosidade, os exames médicos. E um desejo enorme de fazer o que Henderson fizera. Submeter-me à hipnose. Mas faltava coragem. Até que um dia fui empurrado para isso. Não interessa aqui o motivo. Tirando a diferença de línguas, a gravação é exatamente igual à que foi publicada na revista.

Hamilton levantou-se da cadeira. Sem qualquer propósito, caminhou ao redor do grupo. Sentou outra vez.

— A partir desse dia eu fiz duas coisas. Guardei um profundo segredo. Pensei muitas vezes em ligar para Henderson. Ir visitá-lo. Mas sou assessor do presidente dos Estados Unidos. Não posso aparecer em uma revista esotérica dizendo que conversei com deuses. A metade me tomaria por louco. Alguns russos, mesmo materialistas, por precaução, iriam bombardear minha casa. O pacto com o diabo sempre foi uma imagem forte na literatura e na história. Imagine com o próprio Deus.

— E a segunda coisa? — perguntou Bilder, com medo de que o americano perdesse o rumo da conversa.

— A segunda: decidi tentar localizar outros desaparecidos nesta região que tivessem ficado com branco na memória.

Os quatro que ouviam a história suspenderam a respiração.

— Eu queria descobrir o que eles queriam. Eles, com um — E maiúsculo. Saber para quê tinham sido programados. Isso era o que me perseguia. Eu era assessor de um homem que tinha o poder de acabar com o mundo. Vinha sendo um elemento-chave na pacificação, no desarmamento. Podia ser também o elemento-chave de uma guerra. Talvez tivesse sido programado para ganhar a confiança como um pacifista, para que meu conselho fosse aceito, quando eu dissesse que era hora de apertar o botão da guerra. Isso me angustiou muitos dias. Até que descobri que tinha sido programado para fazer o que eu fazia.

Os amigos se entreolharam.

— Fazer o quê? — perguntou Bilder.

— A paz. Foi a gravação de Hamilton que me mostrou isso.

Hamilton, que nada dissera, olhou para Camila. Como um reflexo condicionado, mesmo sem desconfiar que ela poderia ser informante, falou:

— Mas como você sabe o que eu disse?

— Desde o momento em que descobri que era um programado, decidi seguir todos os passos do Dr. Henderson. Fui informado de seu telefonema de Brasília para ele. A gravação de sua sessão de hipnose me foi transmitida, depois de datilografada, no mesmo dia em que foi feita. Lá está escrito o motivo pelo qual os deuses queriam ajuda.

Uma mosca voou até a calva suada e atenta de Bilder, que tentou dobrar-se sobre a barriga para melhor ouvir. O americano olhou ao redor e aproximou-se dos demais como se os chamasse para ouvir um grande segredo. Talvez o maior que ele já tivesse um dia compartilhado com alguém. Bem baixinho, continuou:

— Eles temiam que uma guerra nuclear provocasse grandes terremotos. Precisavam pacificar as superpotências. Eu sou um instrumento dos deuses para realizar essa finalidade. Tentei ver se algum dos chefes de Estado das superpotências tinha estado no Brasil e ficado dias desaparecido. Nenhum deles. Os deuses não votam, nem podem programar todos os eleitores. Nem influir na cabeça dos chefes de Estado, porque não estão ligados ao Grande Elo. Precisam de nós: os assessores de presidentes.

Houve um longo silêncio. Todos pareciam assustados. Especialmente com o que parecia ser o sofrimento do norte-americano. Ele olhou para o chão. Como se tivesse feito o que deveria, o que desejaria, mas que poderia destruir sua carreira, sua função. E até mesmo o nobre papel para o qual fora programado. Hamilton falou primeiro:

— Isto é uma hipótese absurda. Eu não trabalho para a paz. Henderson trabalha com indústria de armas. O senhor apenas especula. Está louco. E não nos disse por que mentiu para nós no começo.

— Professor Rives, eu já disse que um assessor do presidente não pode aparecer por aí falando com Deus. Nem mesmo sobre Deus. Quanto à prova de minha especulação, Dr. Rives, eu a tive sem querer. Por acaso, como foi por acaso que o professor Henderson se deixou hipnotizar. E isso não é tudo. Em Moscou há pelo menos um assessor do governo que também esteve aqui.

— No Brasil? — perguntou Camila.

— No Brasil e na gruta. Com os deuses. Ele foi programado também. Seu nome é Gregory Spassky.

— Como o senhor soube disso? — quis saber Bilder.

— Ao longo dos últimos anos, nós estamos trabalhando juntos e nos encontrando a cada dois ou três meses. Minha mulher diz que já passei mais tempo com ele do que com ela. E é verdade. Com esta convivência de horas e horas em hotéis, muitas vezes disfarçados e clandestinos, sem poder aparecer em público, terminamos sabendo muito um sobre o outro. Mais do que a CIA e o KGB já nos informaram. Logo soubemos que estivemos, por coincidência, os dois, no Brasil, mais ou menos na mesma época.

"Quando li a matéria, enviei uma mensagem para ele, pelo microcomputador, perguntando se durante sua visita ao Brasil ele estivera desaparecido algum tempo.

"Devolveu minha pergunta perguntando se a CIA tinha seqüestrado algum soviético nessa região.

"Pedi que ele pensasse bem. Ele respondeu que não. Fiquei tranqüilo. Até que uma semana depois, no meio de outra mensagem, ele colocou: 'Não vou mais menosprezar a CIA. Como você sabia que eu estive dois dias desaparecido? Até eu tinha esquecido. Foi fruto de uma queda. Um companheiro da viagem me lembrou isso ontem, durante uma solenidade na embaixada da Suécia.'

"Eu não resisti. Telefonei e pedi que ele se submetesse à hipnose. Achou que eu estava brincando. Tomei um avião e fui a Moscou, para mostrar que falava sério. Levei a revista e as fitas de minha sessão. Resistiu alguns dias, mas depois se submeteu. Assisti a uma parte, mas não entendi nada, porque ele falava em russo e muito rápido. Quando traduziram, vi que dissera quase o mesmo que qualquer um de nós. Também tinha sido programado. E não sabíamos para quê.

Parecia que ninguém respirava. De longe, já diversas pessoas prestavam atenção naquele grupo tão compenetrado na conversa. O professor Henderson estava esgotado. Disse que queria se registrar, subir, tomar um banho.

Bilder disse que também queria, mas antes tinha uma pergunta:

— Dr. Gordon, o senhor veio para cá como Voluntário da Paz. Mas o que fazia aqui um soviético?

— Ele estudava Langsdorff.

Bilder respirou fundo, decepcionado com a segurança com que sua dúvida foi respondida e surpreso com a lógica. Olhou para os companheiros, balançou a cabeça, com os lábios apertados, como se dissesse: "É verdade."

Henderson perguntou o que era Langsdorff.

Bilder assumiu o ar de professor de história, que todos esqueciam que ele de fato era:

— Um alemão que foi cônsul da Rússia czarista no Brasil durante o Império. Fez uma viagem de anos por quase todo o Brasil. Passou aqui por perto desta região. Morreu louco. É um herói dos exploradores soviéticos. Pelo visto, o tal do Spassky fez parte de alguma missão que veio recolher informações sobre sua viagem.

— Foi isso mesmo que ele me contou — confirmou Gordon. — Quando eu soube disso, fiz um memorando ao presidente contando tudo o que sabia sobre o assunto.

Henderson começou a chorar. Aparentemente, chegara ao seu limite físico e emocional.

— E eu? E eu? Eu fui programado para quê? — perguntou.

Hamilton, igualmente assustado, foi solidário, dizendo:

— Eu também. Para quê? Não sou diplomata para fazer a paz. Não sei como posso ajudar os deuses.

Não se soube se por burla ou por convicção, Bilder disse:

— Pode ter sido um erro. Deuses que vivem debaixo da terra têm o direito de cometer erros.

Os dois professores olharam furiosos. Não gostavam de ignorar para que tinham sido programados. Menos ainda de serem produtos de erros. Mesmo que de deuses.

Estavam todos esgotados. Decidiram registrar-se, subir para o quarto e tomar um forte trago. Bilder disse que aceitava, mas na ordem inversa.

CAPÍTULO 45

A Segunda Descoberta

Depois do banho, todos voltaram. O primeiro foi Gordon. Bilder ainda estava no bar. Preferira ficar bebendo.

Ainda desconfiado, Bilder perguntou a Gordon se poderia fazer-lhe uma pergunta. O americano disse que sim.

— Qual é a sua proposta, Mr. Gordon? — perguntou então.

A pergunta foi tão direta que Gordon engasgou com o uísque. Ficou um tempo pensando. Depois, olhando nos olhos do historiador, respondeu:

— Criarmos um grupo de estudos para desenvolver comunicação com os deuses.

Dessa vez foi Bilder que se engasgou. Mas gostou da idéia. Não imaginava ainda o que o americano proporia. Gordon pegou um guardanapo e escreveu: "Enviar você e a menina do Hamilton lá. Não fale porque o Grande Elo talvez esteja nos ouvindo."

E fez o desenho de uma flecha apontando para Hamilton e Henderson, que não percebiam o que ocorria. Bilder, achando primeiro que o americano enlouquecera, depois certo de que era uma tática para livrar-se dele, escreveu de volta:

"Por que eu e ela?"

"Porque vocês ainda não são conhecidos lá."

Bilder desconfiava de todo mundo; e de todas as nacionalidades. Mas sua desconfiança contra os norte-americanos era visceral. E explicável. Sua mãe morrera durante um bombardeio a Berlim pela Força Aérea dos EUA. Só isso bastaria. Mas, vinte e cinco anos depois, sua esposa o abandonara por um oficial da mesma Força Aérea sediada em Frankfurt. Além disso, considerava os americanos sem cultura, apolíticos, ambiciosos sem projeto. Pouco falava do assunto do ódio, porque não queria que soubessem ou lembrassem do caso de sua esposa.

Com Gordon no entanto ele começava a simpatizar. Mas não confiava.

Ao ouvir a proposta de ir como emissário de outros nos quais não confiava, Bilder decidiu ir por conta própria. Temia que a visita fosse um pretexto para matar todos eles no meio do Planalto Central. Longe de todos, e ainda com deuses ameaçadores por perto para serviram de desculpas.

Conhecia o poder da CIA. A prova estava como este Gordon se deslocava no tempo e no espaço com tanta facilidade. Como tinha acesso a tantas informações. Para proteger sua vida, ele sabia que tinha de desaparecer. E não seria fácil. Ao mesmo tempo, queria ir aos deuses.

Como muitas vezes dois problemas se anulam, como duas solidões se encontrando, uma como solução para a outra, decidiu proteger-se escondendo-se na gruta.

Partiu ainda de noite, quando os outros tinham ido dormir. Roubou o automóvel de Hamilton: a chave ficara, durante toda a noite, na mesa do bar onde conversavam. Fora fácil subtraí-la.

Bilder nunca viajara por aquela região. Mas não lhe foi difícil seguir a rota que estudara com cuidado durante todas as semanas desde que lera a matéria de *A Outra Antena*.

Pouco antes do amanhecer, encostou o carro fora da estrada, aconchegou-se ao assento e dormiu. Pensava cumprir a rotina dos desaparecidos: perambular pela área até que aparecesse um translúcido.

Não precisou perambular. Nem sair do carro. Quando o sol forte o acordou, viu, colados ao vidro, os rostos de dois deuses.

A reação de Bilder foi inesperada para qualquer um que o conhecesse. O velho cínico — que enfrentara guerras, que não tinha crenças, apenas uma enorme curiosidade sobre assuntos mitológicos — chorou quando viu o que ele estudava pensando que não existia.

Um dos deuses perguntou se desejava segui-los.

Bilder olhou ao redor, sabendo que não teria como dizer não. Faria o mesmo percurso que conhecia das gravações dos amigos hipnotizados. Era como se sonhasse outra vez um mesmo sonho. De repente perguntou-se se algum gordo, tanto quanto ele, já teria sido levado até a gruta.

Saindo do carro, disse:

— Vim em busca de vocês.

Os homens-deuses não pareceram surpresos.

— O que deseja? — quis saber um deles.

— Quero alertá-los para o risco que correm. Os governos dos grandes países já sabem da existência desta... — demorou pensando como dizer, e continuou: — ...desta gruta onde vivem. Há homens, andróides, como eu... — falava muito excitado, gaguejando — ...que querem destruí-los.

— E o senhor, o que deseja?

— Eu quero conhecer. Saber o que são. E ajudar na convivência dos homens com os deuses. Dos andróides com os homens.

— Para quê?

Bilder olhou ao redor, como se a pergunta não se justificasse:

— Ora, para quê? Para que possamos saber das coisas. Podermos acabar com todas as doenças do mundo.

— Para quê?

— Para viver mais.

— E para quê?

Ele parou. Houve um silêncio. Se não estivesse tão nervoso, teria pensado: "Deveria ter trazido um diplomata." Foi como se tivesse pensado. Lembrou que os homens-deuses poderiam tomar uma medida drástica. Não esperar pelo trabalho dos programados. Usar os discos voadores e bombardear o mundo. Para sua surpresa, ouviu de um dos homens-deuses:

— Nós também.

Houve outro silêncio. Um dos homens falou:

— Nós também queremos viver mais.

Bilder não encontrou outra coisa a dizer.

— E para quê?

O longilíneo homem transparente olhou para Bilder e disse:

— É uma longa história. Ainda não podemos dizer para quê, nem como, mas precisamos de vocês. Antes de sair daqui, você saberá. Mas vai sair sem saber. Porque, ao ser programado, você esquecerá.

— Como posso ajudá-los?

— Há alguns anos nós definimos uma estratégia de invadir a civilização programando andróides.

Bilder fez que não sabia. Não disse nada. Ficou esperando.

— Programamos andróides que pudessem influir na conquista da paz entre as grandes potências que têm bombas que fazem terremotos.

Sem se dar conta de que faria os deuses desconfiarem do que ele já sabia, ou sabendo que dos deuses nada pode ser escondido, lembrando da hipnose de Gordon, Bilder perguntou:

— Por que não programaram os próprios líderes?

— Porque não podemos escolher quem vem até aqui. Se fôssemos seqüestrá-los, levantaríamos suspeitas.

— Por que não programaram jovens para serem os líderes?

— O processo de ascensão de um assessor é fácil. Basta dar-lhe um pouco de facilidade para aprender as coisas, ter uma boa memória, ser capaz de agradar. Mas nunca conseguimos estabelecer um modelo de como um andróide se torna um líder político. São comportamentos que não nos pertencem. São imprevisíveis.

Bilder estava com medo de que o homem-deus perdesse o rumo da conversa. E não queria demonstrar saber das coisas. Mas correu o risco.

— Só com os assessores, já eliminariam os riscos que correm?

— Não. Estes fariam a paz. Precisávamos deles para ganhar tempo. Evitar os terremotos. Mas precisamos destruir a civilização dos andróides, para que ela nunca mais possa fazer armas daquele tipo. Escolhemos programar andróides que destruam o meio ambiente que sustém a vida e a civilização dos andróides. Fizemos cientistas.

Bilder teve um choque ao conhecer a trama dos deuses. Lembrou que Hamilton não era cientista, nem assessor. Isso significava que os deuses não eram tão perfeitos. Não podia perguntar. Pelo menos ainda.

Um outro dos homens disse-lhe o que ele desejava.

— Foi preciso programar alguns andróides que pudessem justificar a destruição.

— Mas ninguém justifica isso! — disse Bilder, entre assustado, revoltado e incrédulo.

— Programamos um grupo que se dedica a explicar que aquela destruição é boa.

Bilder lembrou de Hamilton. Pensou rapidamente: "Alguns fazem a paz para que outros destruam, enquanto outros justificam essa destruição como sendo parte do desejado processo de crescimento econômico."

O historiador pensou em Gordon. Ele deveria temer que a descoberta da trama levasse a uma parada do processo econômico. Um aumento da consciência ecológica seria o fim da conspiração dos deuses. Alegrou-se por ter vindo sozinho. De ter fugido. Escapado da conspiração dos gringos contra a conspiração dos deuses. Mas agora estava ali dentro. Seria programado de alguma forma.

Teve a estranha idéia de que os ecologistas estavam enfrentando Deus. Apesar de tenso, riu internamente, com orgulho, ao imaginar os homens reagindo aos deuses. Lembrou de Homero e Heráclito, e pensou: "Ao sermos parte das coisas, os homens estão condenados a enfrentar os deuses."

E decidiu fazer guerra.

CAPÍTULO 46

A Outra Guerra

Nesse momento, sobressaltou-se: os homens-deuses certamente sabiam dos movimentos ecologistas, e que iam contra os interesses deles.

O primeiro homem-deus voltara a falar:

— Com a paz nuclear, ganhamos tempo, mas não o bastante. Percebemos que os andróides poderiam aprender a viver em paz com a natureza. Organizariam uma civilização eterna. Isso nos ameaçaria.

Bilder sentiu-se o porta-voz da humanidade.

— Não — disse. — Se vamos ter paz, não os ameaçaremos. Podemos conviver; os homens e os deuses. Desculpe, os homens e os andróides.

Os homens-deuses riram.

— Não. Não podemos. Os que vocês chamam de homens não aceitariam viver na Terra com seres superiores. Só aceitam deuses invisíveis. De preferência inexistentes. Os mais religiosos seriam os primeiros a defender nossa destruição. Porque nossa existência derrubaria suas crenças. Para vocês, acreditar em Deus é mais importante do que a própria existência de Deus. Não podemos esperar para ver como se comportarão com paz e equilíbrio. Nosso risco é muito grande.

Bilder queria defender aquele acordo maior do que todos já feitos pela humanidade: o acordo de pacificação e convivência entre os homens e seus criadores. Para ganhar força, enquanto os homens se fizessem mais fortes do que os deuses. Mas não tinha argumento. Não conhecia tudo o que eles planejavam.

— As armas nucleares nos traziam duas ameaças — começou um deles a contar. Bilder sabia que ia ouvir a mais importante confidência de toda a sua vida. Talvez de todos os homens, em todos os tempos. — A da guerra: se explodissem, poderiam abalar a construção da Colônia. Ou a da paz: de, com medo delas, os andróides não fazerem guerras. Nós continuaríamos com a ameaça da existência da civilização de andróides. Precisamos de uma paz nuclear que permita às outras guerras continuarem. Sem risco de catástrofes sísmicas. Precisamos de guerras com armas químicas. Armas biológicas. Armas ecológicas. Todas as armas que não nos ameacem. Armas inteligentes que acertem apenas a civilização dos andróides.

"Precisamos que a paz se limite à guerra nuclear. Mas que as outras guerras continuem. O desarmamento nuclear tem a intenção adicional de permitir que ocorram mais guerras localizadas. Que não nos ameacem, mas que continuem a destruir os andróides. Muitas pequenas guerras destruirão mais do que uma única guerra nuclear; sem tocarem em nossa gruta. Sobretudo depois que já destruímos os dois países sob os quais estamos. Os que chamam de Brasil e Peru. Era preciso impedi-los de serem fortes. Programamos pessoas que desorganizassem estes países. Fizemos com que seus andróides se dividissem, lutassem entre si; em breve, não falarão nem a mesma língua. A guerra será apenas de bandidos.

Bilder percebeu, com repugnância, que os deuses eram mesquinhos. Sentiu vontade de vomitar. Lembrou que estava no céu.

Do fundo da transparência em frente, vendo os músculos e veias se moverem na face, na boca, na língua, Bilder ouviu a continuação da estratégia.

— Precisávamos destruir a razão para uma guerra nuclear de extermínio. Decidimos desfazer o país a que chamam União Soviética: bastava acabar o partido que controla tudo. Vamos desfazer a união deles, mas deixá-los com bombas. Depois de destruído como país, se transformará num grande campo de guerra entre suas partes, usando bombas localmente, ou deixando vazar suas centrais nucleares. Destruirão pelas radiações, não pelos abalos.

Bilder não conseguia controlar o desejo de vomitar; e tinha uma razão adicional: sujar aquela pureza.

— Por que não destruir as duas potências? — perguntou, com raiva.

— Temos de deixar uma potência forte nas armas e decadente na riqueza. Para que fique irritadiça, reaja contra as demais. Com uma só potência, o mundo dos andróides ficará livre para fazer muitas guerras, em toda a parte. A potência única decadente não fará guerra nuclear, mas ficará livre para fazer muitas guerras, em toda a parte. Incentivará a venda de armas, aumentará a poluição.

— Como vão fazê-la decadente? — quis saber Bilder.

— Com folhas e flores — foi a resposta de um dos homens-deuses.

Bilder pareceu não entender. O mesmo homem-deus explicou:

— Folhas e flores fabricadas aqui em cima. Viciaremos os andróides do país que vocês chamam de Estados Unidos e dos outros países que têm bombas atômicas.

Bilder não conseguia mais resistir. Para não sujar de uma vez a putrefata pureza dos céus, usou o truque de pensar em alguma coisa engraçada.

Parte XII

CAPÍTULO 47

A Terceira Descoberta

O secretário de Estado dos Estados Unidos da América era um homem cético. Se não fosse, não seria secretário. Desconfiava até do que via e ouvia com seus próprios olhos e ouvidos. Mas admitia que tudo era possível. Se não admitisse, não seria secretário há tanto tempo.

Das notícias de discos voadores ele apenas ria.

Diante do ministro das Relações Exteriores da União Soviética, para compensar a dúvida entre tratar ou não de um assunto tão esquisito, ele usava o que chamava de política do humor. Que os amigos diziam ser prova de brilhantismo, e os inimigos, o disfarce da incompetência. Mas naquele dia era verdade: o encontro entre a necessidade de não deixar de tratar do assunto e o medo de cair no ridículo ao fazê-lo.

Esperou que a reunião terminasse. Enquanto aguardavam para falar com a imprensa, tomando café, fez um comentário em um tom casual:

— E então, ministro, vamos subir num disco voador? Ou ficamos fora do passeio?

O ministro soviético não entendeu ou fez que não entendeu.

— O que o senhor acha — continuou o secretário — dos memorandos de Mr. Gordon e do Dr. Spassky?

O ministro pigarreou, olhou para longe e disse:

— Nós não acreditamos em deuses.

Fez um silêncio e levantou-se. Esperou que o secretário terminasse o café e também se levantasse. Juntos, se afastaram do tradutor. O ministro soviético, segurando no antebraço do secretário, falou no seu inglês com forte sotaque:

— Mas devo dizer que acreditamos em hipnotismo. O camarada Spassky se submeteu a mais de uma sessão, sob controle de cientistas da Academia de Ciências. E não temos explicação para o que ele diz.

— Salvo se tudo não passar de uma conspiração entre os dois — concluiu o secretário americano. — Conspiração bem-intencionada, é certo. Eles estão muito envolvidos com a paz. Às vezes querem ir mais depressa do que podemos e devemos.

— Também levamos em conta essa hipótese. Às vezes os altos funcionários de diferentes países formam um país só deles. Como os dirigentes de suas multinacionais. Mas os cientistas dizem que um homem não resistiria ao hipnotismo a que o camarada Spassky foi submetido. Muito menos dois. O Dr. Gordon parece que também foi hipnotizado. E tem também aquele químico. Eu entendo que se faça uma lavagem cerebral de assessores. Mas de um químico? Para quê?

O ministro soviético olhou para o chão, apontou para baixo e disse:

— Acho melhor perguntarmos lá embaixo.

— Mas o senhor é materialista.

— Eu sou materialista. No dia em que vir Deus eu acreditarei Nele. O senhor é cristão. No dia em que O vir, deixará de acreditar. — Muito sério, o russo continuou: — Não falo em nome de meu governo, mas vou dar minha opinião. Se este subterrâneo não existir, não temos por que nos preocupar. Mas suponhamos que seja verdade. Que os deuses existam. Temos de entender por que agem assim. Tenho uma hipótese para o caso de ser verdade. Mas não quero que pense que acredito. Muito menos que falo em nome do meu governo.

— Muito bem. Muito bem. Estou curioso com sua opinião pessoal. De um teólogo materialista.

— Mesmo sem acreditar, temos de levar em conta que os deuses estão preocupados com o risco de uma guerra nuclear entre nós. Então, programaram alguns, como Gordon e Spassky, para que a paz fosse feita.

Rindo, o secretário americano olhou nos olhos do colega russo e perguntou:

— O senhor já fez hipnose, senhor ministro?

O ministro calou-se. Olhou para a mesa diante deles, depois olhou para o secretário e disse:

— Não sei se o senhor vai acreditar. Sim, eu fiz.

O secretário não resistiu, rindo discretamente e balançando a cabeça, perguntou:

— O presidente também foi submetido à hipnose para ver se tinha sido programado por Deus?

— Foi.

— Senhor ministro, o senhor sabe que eu não vou comentar nada disso agora. Mas a pergunta que vou lhe fazer significa alguns milhões de dólares quando eu escrever minha biografia. O senhor também esteve desaparecido naquele fim de mundo do Brasil?

— Só no ano passado estive pela primeira vez no Brasil — respondeu o ministro soviético. — E todos os meus passos foram seguidos. Até o tempo em que fiquei preso em um elevador, no prédio do Congresso, em Brasília.

O secretário americano riu, pensando que era uma brincadeira. Tomou um choque quando soube mais tarde que era verdade que o colega estivera preso no elevador do Congresso brasileiro. Passou-lhe então pela cabeça que o ministro estivera escondido, usando o elevador como um artifício. Seria a única forma de desaparecer por algum tempo sem que a imprensa soubesse seu paradeiro. Nenhum país do mundo deixaria um ministro das Relações Exteriores de outro país preso num elevador.

— Mesmo sem ter jamais ido ao Brasil, o presidente e eu nos submetemos à hipnose. E muitos outros dirigentes do Partido. Não vou lhe dizer os resultados.

— De qualquer forma, sua tese não explica a programação de químicos.

— Há outras coisas inquietantes. O senhor sabe que a Igreja Católica é dona de extensas áreas de terras nesta exata região do Brasil? Sabe que, no século passado, quando aquilo ali era um deserto, um italiano em transe, que depois virou santo da Igreja Católica, apontou aquele exato lugar no mapa dizendo que ali estava o futuro do mundo? O senhor sabe que os brasileiros costumam dizer que Deus é brasileiro, apesar de a realidade dramática do país mostrar que Deus tem horror ao Brasil? E mais uma coisa me deixou surpreso quando tomei conhecimento. Logo que foi criada, antes de qualquer outra coisa, a Universidade de Brasília montou um observatório sismológico. Num país e numa região onde nunca houve terremoto. Ninguém sabe explicar quem decidiu fazer este observatório. É muito suspeito. E há outras coisas ainda.

O americano parecia impressionado. Primeiro, com as informações detalhadas que tinha o ministro soviético. Segundo, ainda que muito menos, com o que poderia ser chamado de evidências. Talvez para disfarçar sua inquietação, perguntou, de forma incisiva:

— O senhor não disse o que eles querem com nossos cientistas.

— Querem nos destruir. São programados para fazer guerra.

O secretário deu um riso de descrença.

— Deixe-me dar mais alguns fatos suspeitos sobre aquela região — continuou o ministro. — O senhor sabe, melhor do que nós, que a CIA e a NASA têm estudos sobre campos magnéticos naquela região. Mas, para nós, a maior prova é que os deuses estão conseguindo destruir o Brasil, para evitar que ali se forme uma civilização que os ameace. Só deuses muito poderosos seriam capazes de fazer com que um país com a riqueza do Brasil ficasse na situação deplorável em que está.

O ministro soviético fez uma pausa e continuou, olhando fixamente para o colega americano:

— Os homens subterrâneos temem a guerra nuclear. Estão tentando, e na verdade conseguindo, graças a nós dois e aos infiltrados deles, acabar com o risco de guerra nuclear. Mas eles não confiam em nós. Decidiram nos destruir.

Fez um longo silêncio. Ficou olhando para o secretário, esperando que ele perguntasse como. A pergunta não veio. De qualquer forma respondeu:

— Querem se livrar de nós. A melhor forma, para não abalar a estrutura da caverna deles, é pela poluição. Um bom desastre ecológico continuado terminará por eliminar o homem. Pelo menos a civilização dos andróides, como eles dizem nas fitas das hipnoses. Sem radiação. Sem abalos sísmicos.

"Não sei se o senhor tem conhecimento, secretário, mas o Dr. Henderson é um dos principais criadores do clorofluorcarboneto. É portanto um dos construtores do buraco de ozônio. E também tem trabalhado em reagentes para desfolhamento de matas. Agora mesmo está nos ajudando em um projeto hidrelétrico, na Sibéria.

Pela primeira vez, o secretário não disfarçou seu interesse. Mas voltaram em silêncio até o escritório.

CAPÍTULO 48

A Proposta

O ministro soviético pensou se deveria ou não dizer o que pensava. Sua diplomacia foi menor do que seu gosto pela ironia.

— O senhor talvez esteja duplamente programado: como secretário, ajuda a fazer a paz nuclear; como diretor de uma empresa petrolífera, ajuda a poluir.

O secretário percebera o risco que isto traria para todo o mundo capitalista. Sua defesa foi rir. Rir alto. Rir muito, batendo nas pernas. O ministro ficou calado, guardando seus papéis.

— Divertido — disse afinal o secretário. — "O soviético crente" será o título de um capítulo de minha biografia. Durante anos tivemos medo dos marcianos, vistos como verdes, inimigos de Deus. Agora, os extraterrestres são deuses que vêm destruir o verde. E os pobres ecologistas, que se dizem verdes e se imaginam emissários de Deus, estariam enfrentando os deuses.

O ministro soviético, que tinha profundo desprezo pela falta de cultura dos norte-americanos, e sabia que aquele discurso do secretário era para disfarçar o nervosismo, decidiu ser cruel.

— Se escrever suas memórias com esta lógica — disse, irônico —, não vai vender mais do que meia dúzia de livros. Os americanos não gostam de pensar, mas da emoção, do suspense. Secretário, nós não achamos divertido, mas preocupante. Se necessário, vamos divulgar tudo isso. No momento oportuno.

— Senhor ministro, por acaso o senhor quer aprisionar Deus? Seria uma vitória do comunismo internacional.

— Para o comunismo seria uma vitória atrasada. Às vezes me pergunto como foi possível mudar tão radicalmente a União Soviética. Sabe o que chego a pensar? Que o camarada Gorbachov foi programado. Mas ele nunca foi ao Brasil.

— Mas o Papa foi. Duas vezes.

Os dois riram.

— Talvez não possamos aprisioná-Lo — continuou o secretário norte-americano. — Mas certamente vamos ter de enfrentá-Lo.

— Parece estranha esta afirmação vinda de um cristão. Nós materialistas sabemos que é impossível enfrentar Deus.

— E que fazer? O que é que o leninismo ensinaria contra os deuses? O que disse Marx sobre o assunto?

— Não sei o que ele disse, mas talvez possamos usá-los. — Fez uma pausa e continuou: — Talvez para salvar um pouco do que ficou de Marx e Lenin. Estes dois tentaram desfazer Deus, podem ser salvos se soubermos usar bem os deuses.

O secretário americano estava assustado. Muito assustado. Esperava ouvir do colega a afirmação de que os russos tinham invadido a gruta, aprisionado um grupo de cientistas de outra época ou planeta. Pensou em pedir licença e ligar para a Casa Branca. Mas precisava de mais informações. Não se conteve. Foi direto ao que pensava.

— É algum segredo de Estado?
— Depende.
O secretário impacientou-se.
— Senhor secretário — falou o soviético, pausadamente —, vou dar agora a opinião oficial e sigilosa do meu governo. Nós estamos atravessando todas as dificuldades que o senhor conhece. Não conseguimos elevar a produtividade e o consumo de nossas populações. Não conseguimos frear as pressões por reformas rápidas, e elas destruirão a União Soviética.
O secretário não resistiu a uma tirada de humor nervoso:
— Será que Ieltsin esteve no Brasil e foi programado pelos deuses?
O ministro respondeu, sem perder o rumo de sua análise:
— Não. Este já nasceu louco, senhor secretário. Mas a destruição da URSS pode ser parte do plano dos deuses. Por isso vamos enfrentá-los. Mas não pense que os EUA serão beneficiados com nosso final; o mundo vai viver um período de absoluta instabilidade. E o capitalismo perderá a desculpa do comunismo e da União Soviética. O mundo todo se rebelará contra todo mundo.
Querendo aparentar brincadeira, o secretário disse:
— O senhor está me assustando, ministro. Sobretudo, porque não entendi por que me conta tudo isso.
— Porque é de nosso interesse colaborarmos contra esta ameaça. Precisamos de recursos do Ocidente. Tudo depende dos Estados Unidos da América e da Europa. Se aceitarem nos apoiar, cresceremos juntos. Caso contrário, divulgaremos a notícia dos deuses subterrâneos. Com a credibilidade científica e materialista de nossa Academia, vamos ter uma boa desculpa para todos os erros do passado e incompetência do presente. Diremos que a redução no consumo é para evitar a

destruição que os deuses propuseram. Diremos que os governos ocidentais são programados para destruir o mundo através do crescimento econômico. A URSS vai ser a defensora da humanidade contra deuses anticristãos escondidos. Vocês vão ter dificuldade em continuar nesta corrida para o lucro e para o desastre. — Como se não bastasse o impacto de suas palavras, o ministro completou: — Quando descobrirem o que os deuses tramaram, os homens adorarão os demônios. Se tivesse ações de empresas petrolíferas, eu as venderia imediatamente. Serão vistas como armas dos deuses subterrâneos contra os homens. Ou como lama do demônio. Porque é tênue a linha que separa os anjos em bons e maus.

O americano estava impressionado como um marxista, mesmo depois da *perestroika*, conhecia tanto de religião. Estava também bastante preocupado. Muito mais do que pensava o ministro, e por outra razão. Ele achava que tudo aquilo era uma mentira para esconder que os deuses já tinham sido capturados. Depois de refletir um pouco, disse:

— A não ser que os destruamos. Os homens unidos contra os deuses que os fizeram.

— Os andróides contra os homens. Não seria melhor? Unidos para vencê-los. Depois, em paz, destruímos o planeta. Em vez de bombas atômicas, continuamos com as bombas ecológicas. Não é uma bonita imagem? Assim nos livraremos deles para fazer o que eles querem. Que ironia. Depois de mortos, ainda serão deuses.

— Mas não temos outra escolha.

— É verdade, senhor secretário. Os deuses são eles. Nós somos apenas políticos.

— E, de minha parte, nem tão bom quanto o senhor.

CAPÍTULO 49

O Alerta

No dia seguinte, o secretário de Estado teve uma audiência com o presidente dos EUA, na Casa Branca. Em poucos minutos, expôs a conversa com o ministro soviético.

— Tudo não passa de uma armação — concluiu.

O presidente não estava preocupado com deuses em que não acreditava, nem com trapaças dos russos, com as quais já estava acostumado. Lembrou de Gordon. Seu temor era o que estava acontecendo com o assessor.

— E o nosso Gordon? O que se passa com ele? — perguntou.

O ministro olhou nos olhos do seu superior e disse:

— O senhor sabe como ele está empenhado na paz, na *perestroika*, em nossa aliança com a União Soviética. Com a maior boa vontade, é capaz de tudo para que o desarmamento continue. Nós também, mas sem chantagens.

O presidente pareceu mais tranqüilo. Olhou para o secretário e, como se falasse para si, disse:

— O melhor tratamento contra chantagista é divulgar o segredo da chantagem. Podemos pôr no *New York Times* a notícia da caverna e da hipnose do alemão e do russo.

O secretário riu da vivacidade política do presidente. Mas, por lealdade, disse:

— E se for verdade, presidente?

O presidente ficou assustado:

— Não me venha dizer que você está acreditando nessas histórias.

— Claro que não acredito, presidente. Mas, e se for verdade? — Fez uma pausa e continuou: — Há coisas estranhas. Veja que além de tudo isso que se sabe das hipnoses e das propriedades do Vaticano, não deve ser por acaso que os brasileiros, com um território tão grande, tenham colocado ali uma base aérea, e construído a capital.

— Essa capital estava prevista há muito tempo, Jimmie. Ainda quando o Brasil tinha uma espécie de imperador.

— Mas não tinha data para ser construída. Um presidente decidiu a construção por sua própria conta. Foi o mesmo presidente que começou a ocupação da Amazônia; que tomou as medidas que levaram à mais violenta poluição do Terceiro Mundo. Ele pode ter sido programado. Isso foi na mesma época em que o Henderson foi programado. Mesma época dos discos voadores.

— Não me diga que acredita nisso?

— Repito que não. Mas não devemos ignorar alguns indicadores surpreendentes. Presidente, o senhor se lembra de como se referiu ao andar do atual presidente do Brasil durante a visita dele no ano passado?

O presidente dos Estados Unidos refletiu durante algum tempo, depois disse que não lembrava.

— O senhor disse: "Ele anda como robô. E fala como robô." O memorando de Gordon diz que os programados ficam às vezes com o olhar perdido no espaço. Olhar distante. Lembra como o presidente do Brasil nos olhava? Como se fôssemos de vidro. Lembro muito bem, porque me pareceu falta de respeito. E foi eleito de repente, sem ninguém esperar. Era um desconhecido. Acho que o Carter também tem muito disso.

O presidente americano, mesmo inquieto, nunca perdia o senso de humor. Era uma de suas qualidades.

— Nesse ponto nós não perdemos para os brasileiros. O Reagan só pode ter sido fabricado. Todo dia alguém deve dar corda nele, ou ligá-lo na tomada.

O secretário estava tão preocupado que pela primeira vez não riu de uma piada do presidente. Ainda que fosse das poucas com graça. Ficou esperando o presidente continuar:

— Acho que aquela mancha na testa do Gorbachov foi um erro de produção. A indústria soviética é tão ruim que nem os deuses controlam a qualidade do que fazem.

Um dos assistentes, calado até então, disse:

— Ele cresceu na região dos deuses.

Houve um curto silêncio, como quando se ouve uma voz de onde não se espera.

— Gorbachov? — perguntou o presidente.

— Não, presidente. Eu falo do presidente brasileiro. Ele nasceu no Norte, mas foi criado na região dos deuses. Pode ter sido programado quando ainda era jovem.

O presidente fez silêncio, preocupado com a hipótese de uma loucura generalizada entre seus assessores. Ou então ele estava sendo vítima de alguma conspiração. Queriam levá-lo a uma decisão ridícula para eliminá-lo das eleições do ano seguinte. "Jimmie não. Este não me trairia. Mas quem garante?", pensou.

O secretário, claramente preocupado, continuou:

— Repito, presidente, eu não acredito em nada disso! Mas, mesmo sem acreditar, devemos continuar observando.

O presidente olhou distante, pela janela que dava para a Av. Pennsylvania. O secretário imaginou se ele ainda pensava no assunto ou na atriz de cinema que nos últimos meses tomava parte importante, e certamente a melhor, de seu tempo. "E se ela estiver programada?", pensou.

— É — falou o presidente por fim. — Vamos cuidar para não sermos surpreendidos. O que você sugere?

— Com discrição, posso pedir a alguém, Marvin Scott, por exemplo, que observe tudo sobre o assunto.

— Não é isso. Pergunto o que você propõe, se de fato se confirmar esta história maluca.

— Um bombardeio. É preciso que o Departamento de Defesa estude.

— Um bombardeio? Você acha possível? Se a história não for verdade, não se justifica esta preocupação. Se for verdade, não adianta. Não podemos fazer nada contra deuses. Logo, também não justifica. Mas não podemos ser surpreendidos, sobretudo pelos russos.

O secretário preferiu não dizer mais nada. Mas ele próprio iria tentar estudar clandestinamente a alternativa do bombardeio. Pediu licença e levantou-se.

Quando ia saindo, o presidente o chamou.

— Por via das dúvidas — disse, rindo —, deixe vazar o máximo de notícias contra o Brasil. Talvez precisemos, se um dia for preciso invadir a região. Que eu saiba, não faltam informações negativas sobre nosso grande irmão do Sul. E os deuses parecem estar contra os brasileiros. Divulgue os mortos de fome ao lado dos muito ricos, as crianças assassinadas, os seqüestros, a dívida, fale da destruição da floresta tropical. Aí, não é preciso inventar nada. O povo não tem vida privada. Além disso, eles são governados por um andróide.

O secretário deu uma gargalhada de bom texano. Em tom de blague, perguntou:

— Podemos por acaso divulgar isto?

— Ainda não — respondeu o presidente. — Mas não custa começar uma campanha de desmoralização. Não podemos deixar que um dia use o fato de ser porta-voz de Deus. Veja se espalha na imprensa algumas notícias comprometedoras sobre seu comportamento. Melhor se não for em jornal americano.

— As verdadeiras ou as falsas?

— As que nos interessarem. Melhor ainda se as notícias partirem de quem o conhece de perto. Veja se ele tem algum irmão mais novo. Ninguém duvida do que diz um irmão.

O secretário voltou da porta. Em pé, diante do presidente, disse:

— Se os soviéticos estão querendo usar estes deuses para nos chantagear, por que não os usamos para chantagear os outros?

O presidente, já concentrado em outro assunto, levantou os olhos dos papéis na mesa e riu sem prestar atenção ao que dissera seu secretário de Estado, mas aproveitou e falou:

— Ah. Quero saber onde está Gordon.

CAPÍTULO 50

A Decisão

A CIA sabia de todos os passos de Gordon. E, antes dele, já sabia que Bilder partira em direção às cavernas divinas.

No outro dia, quando soube desses detalhes, o presidente ficou irritado porque não o fizeram levar um transmissor clandestino. O chefe da CIA disse que não previam a fuga, e era perigoso espionar os deuses. Além disso, provavelmente não conseguiriam transmissão de dentro da terra até a Casa Branca.

O presidente perguntou o que o secretário de Defesa pensava.

— Provavelmente ele já está dentro da gruta — disse ele. — E ninguém sabe como virá programado.

O presidente consultou o chefe da CIA.

— Você também acredita nestes espíritos? — perguntou, rindo. — Fez os estudos que pedi?

O chefe da CIA, antigo companheiro do presidente, sabia tanto sobre o chefe de Estado que este achou melhor tê-lo logo na CIA em vez de deixar que um novo gastasse dinheiro público espionando-o.

— Senhor presidente, há alguma coisa diferente debaixo do terreno daquela área. E sabemos que é algo artificial.

O presidente riu. Tinha uma teima contra a certeza dos espiões. Sempre tinham respostas e sempre erravam. Decidiu brincar:

— Como é que seus espiões místicos sabem disso?

Sua atenção foi atraída por uma jovem que dava início à montagem de um sistema de projeção de *slides* e transparências. Na tela surgiu a foto de um satélite.

— Há uma espécie de parede ao redor de todo o volume onde aparece o vazio que o satélite mostra — explicou.

E, com uma longa vareta, mostrou o perfil do volume vazio e da parede que o envolvia.

O presidente ficou sério.

— Como sabem que é artificial? — perguntou.

O chefe da CIA não respondeu, mas fez uma afirmação que assustou todos os presentes:

— É feito de um metal desconhecido.

Mais de uma voz na mesa falou:

— Desconhecido?!

— Nenhum dos metais conhecidos no mundo tem as características físico-químicas que foram indicadas pelo computador que analisou os dados do satélite. Não existe nada disto nem mesmo em quantidades experimentais. Até ontem, senhor presidente, não existia nem mesmo conceitualmente. Sabemos apenas que a estrutura molecular do metal não se aproxima da dos metais que conhecemos na Terra. Mas não sabemos nada sobre como é, de que minério é feito.

— E agora?

— Agora temos ao menos um nome para ele.

— E qual é ele?

— Não sei se o senhor gostará. O nome posto pelos rapazes da química foi "metal do diabo".

— Por que eu não gostaria? Se olharmos quantas guerras já foram feitas por causa de metais e usando metais, acho que todos os metais são do diabo. O que eu quero saber é, droga, que porra ocorre ali. Para isto vocês ganham.

— O pessoal fez um bom serviço, presidente. Conseguimos uma vastíssima bibliografia sobre fenômenos extraordinários que ocorrem no local. Há muitos anos os astronautas observam um campo magnético estranho e inexplicado naquela região do Brasil. Mais de um avião já desapareceu ou foi obrigado a fazer pousos cegos ali por perto. Sem saber onde estavam. É também uma região famosa pela quantidade de objetos aéreos não identificados. Só este ano, foram dois mil e quatro.

"Há outra coisa, presidente. É uma região de mágicos, de espiritualistas que se comunicam com o além. E, sobretudo, de cirurgiões que operam sem anestesia, sem higiene, sem qualquer técnica. Em geral, quando operam, em nome de deuses, os espiritualistas falam com uma voz que parece vir de uma caverna. A própria Shirley MacLaine já esteve lá. Uma hipótese, presidente, é de que estes místicos se comunicam de alguma forma com os deuses que estão por perto. E operam com um saber que nós não conhecemos.

O presidente balançou a cabeça. Estava acostumado a enfrentar inimigos, mas não desconhecidos. Muito menos os que se passavam por deuses.

Não fez mais perguntas. Pediu que continuassem os estudos. Determinou que trouxessem Gordon: "Ainda que tenham de arrancá-lo das mãos de Deus."

Marcou uma reunião para o dia seguinte. E na mesma tarde tomou sua decisão.

Parte XIII

CAPÍTULO 51

A Espera

Poucos minutos depois de o presidente ter dito que queria Gordon de volta, um jipe da embaixada americana chegava ao hotel, onde ele estava, em Barra do Garças, conversando com Henderson, Camila e Hamilton.

Desceram dois gigantes. Sem uma palavra, atravessaram a recepção, subiram uma escada, foram ao bar, agarraram Gordon por baixo dos braços e, sem uma palavra, carregaram-no até o jipe.

Ao redor, os amigos tentavam, em vão, que eles parassem; pediam ajuda aos funcionários, exigiam providências do gerente.

Nada adiantou. Os funcionários pareciam não ter tido tempo de entender o que se passava.

Um dos porteiros disse apenas para o outro:
— Parecem dois robocops.

Apesar dos protestos feitos por Hamilton e Camila, todos no hotel insistiram que nunca ninguém fora jamais raptado ali.

Garantiram, mostrando os registros, que nunca tiveram um hóspede de nome Gordon. Quando procurado por Camila, o jovem que comparara os gringos com robocops disse que não lembrava de nada:

"Nem em sonho", afirmara.

Para complicar, Henderson enlouquecera. Caiu em uma profunda crise histérica. Não parava de chorar, enquanto fazia sua mala, dizendo que voltaria naquele dia para Frankfurt. Não queria saber de deuses, do louco Bilder, do agente americano, nem dos dois ali presentes.

— Somos todos robôs. Programados. Não adianta lutar. Quero voltar para Frankfurt.

Estava convencido de que os seqüestradores eram andróides. Teriam vindo da gruta. Enviados pelos deuses.

Hamilton e Camila passaram as horas seguintes providenciando o retorno do alemão. Quando este partiu para Goiânia, num táxi, Hamilton virou-se para a amiga, olhou-a com uma ternura que ela há muito tempo não via nele, e disse:

— Cada ser desconfia de todo seu ao-redor, que o ameaça e do qual depende. Mas, quando sabe que foi programado por Deus para uma missão que executa sem saber o propósito, começa a desconfiar até de si.

Camila, com o saber ousado da juventude e do amor, para acalmar o namorado, disse:

— Todos os homens são programados e não sabem para quê.

Ele respondeu, tristemente:

— Os outros não sabem que foram, ou pensam que sabem para quê. Eu sei que fui e não sei para quê. Será que você percebe a dimensão da minha angústia? Quero voltar a ser um professor programado sem saber para quê: como um robô, que não sabe o mal ou o bem.

Camila estava assustada com o discurso do amigo.

— Talvez eu também tenha sido programada: para estar aqui com você.

Ele olhou nos olhos dela e disse:

— Queria que você fosse programada para casar comigo.

Fez uma pausa, olhou fixamente nos bonitos olhos de Camila e disse:

— Quero casar com você.

Camila fez silêncio. Riu. Um riso triste. Levantou, foi até uma varanda. Olhou para longe. Logo depois voltou. Hamilton notou que os olhos dela tinham parado de brilhar.

— Não — disse ela afinal.

Deu meia-volta. Caminhou com um andar que ao amigo parecia rígido, como se não pudesse olhar para trás.

Ele sentiu um arrepio nos braços, como se do calor de fora viesse filtrado um frio. Tentou ir atrás dela; suas pernas não se moveram.

CAPÍTULO 52

A Preparação da Guerra I

No dia seguinte, logo ao abrir a sessão, para não dar margem a equívocos, o presidente disse que não estava acostumado a fazer reuniões sobre assuntos esotéricos.

— Vocês lembram que eu próprio determinei o corte nas verbas para pesquisas sobre OVNIs. Mas há algo misterioso, e não podemos ser surpreendidos pelos fatos. Muito menos pelos russos, ainda que estejamos em paz. Além disso, não quero, ao menos ainda, demitir dois de meus mais eficientes colaboradores.

E apontou para o secretário de Estado e para o assessor Gordon, presentes ao redor da mesa, entre as outras quatro pessoas.

— Peço que eles exponham o que levantaram em suas pesquisas e viagens.

Por delicadeza e esperteza do secretário, foi Gordon, trazido diretamente do aeroporto, quem iniciou. Contou tudo o que sabia, inclusive da viagem que acabara de fazer. Falou da entrevista de Henderson, de suas conversas com Gregory Spassky, de sua visita ao Brasil, das hipnoses, do desaparecimento de Bilder. Tudo de forma tão rápida, tão assustado de tratar desses fatos naquele local sagrado do poder norte-americano, que ao redor consolidou-se em todos a mesma opinião: "Gordon endoidou."

Apenas o secretário de Estado não demonstrou qualquer emoção. Continuou desenhando quadrinhos em um bloco de papel amarelo, temendo que a reação que sentia no ar se estendesse a ele também.

Um dos presentes, o secretário do Tesouro, um dos amigos mais próximos do presidente, não resistiu. Não conseguiu ficar calado diante de tantas asneiras. Não estivesse presente o chefe máximo, ele teria se levantado e dito que não estava para brincadeiras. Mas limitou-se a dizer:

— Presidente, há um sério risco de que a taxa de juros do American Bank se eleve meio ponto nos próximos dias.

Ele não esperava a reação. Achando que estava ligando a taxa de juros com os deuses subterrâneos, com a hipnose de cientistas, com discos voadores, os outros se assustaram ainda mais.

Conhecendo o amigo, o presidente entendeu que ele queria dizer que tinham assuntos mais importantes. Teve vontade de rir. Com um simples movimento de mão, fez sinal de silêncio. Olhando-o firme nos olhos, disse:

— Jack, peço que escute.

O secretário obedeceu. Sem perceber, cumpriu caricaturalmente, porque, para dar a impressão de atenção, arregalou os olhos com uma violência raramente vista, salvo em filmes humorísticos.

A fala do secretário de Estado foi muito mais impactante, porque tinha todo o conteúdo da loucura, mas dita com o máximo de lucidez, inclusive com os instrumentos que costumam dar toda credibilidade: um inglês pausado, um meio-óculos na ponta do nariz, projeção de transparências e *slides* e o respaldo de um computador.

Disse que projetava fotos feitas por satélites e produzidas e analisadas por computadores. Contou o que sabia. Até Gordon ficou espantado.

Ao terminar, o presidente abriu os braços sobre a mesa, como a dizer: "É isto." Ninguém falou. Para quebrar a tensão, o presidente tentou fazer um pouco de humor.

— O que recomendam? Destruímos os deuses, ou amarramos o secretário de Estado em uma camisa-de-força? O que sugerem, senhores?

Ninguém falou. Ele personalizou o questionamento, apontando um a um. Nenhum disse nada. Todos sabiam que, embora pedisse e até gostasse de ouvir a opinião dos assessores, e até as utilizasse, muitas vezes ele as pedia apenas por gentileza. A opinião do presidente já estava formada. Ele então disse o que pensara, o que decidira, e o que se deveria fazer sobre o assunto.

— Primeiro, não podemos acreditar nisso, nem ignorar tudo, dizendo "esqueçam esta loucura". Segundo, não vamos enviar mensagem falando em paz com os deuses, como se fosse um gesto dirigido a fantasmas. Terceiro, não vamos parar nossas indústrias só porque há rumores de que a crise ecológica é provocada por deuses do fundo da Terra.

"Vamos mandar uma equipe, discretamente, para lá. Se não for verdade, não nos desgastaremos junto à opinião pública. Imagino as manchetes do *Post* e do *Times* se soubessem desta reunião. Agora, se surgirem informações adicionais confirmando o fato, não por hipnose ou suposições, mas por constatações científicas, aí vamos ter de agir.

"Caso seja verdade, a ação deve ser uma: ter acesso ao conhecimento de que esses senhores dispõem. Venham de onde vierem, extraterrestres, deuses ou demônios.

Ao perceber a posição do presidente, Gordon ficou preocupado. Preferiu não falar na identificação nominal de muitos programados que ele já conhecia. Procurou chamar atenção para o fato de que se os deuses, pigarreou quando disse esta palavra, estavam tentando destruir o mundo com as mãos dos homens, não se devia fazer o jogo deles. Olhando ao redor da mesa e não encontrando nenhum dos olhos das pessoas que ali estavam, atalhou:

— Os que estão lá dentro têm sabedoria de deuses, mas não têm mãos fortes para intervir. Por isso nos dão o livre-arbítrio. Não conseguem nos manipular diretamente. Temos de impedir o trabalho de novos programados. Mas também evitar o desastre.

Segundo ele, isto exigia uma ação imediata contra o uso de poluentes. Uma espécie de paz verde. Este era o *slogan* que ele propunha.

Fez um bonito discurso dizendo que a mensagem chegaria a toda a nação americana, especialmente aos jovens. O mundo inteiro queria ouvir esta mensagem. Talvez apoiar decisões que seriam propostas na reunião das Nações Unidas sobre o Meio Ambiente. Sugeriu que se convidasse um representante dos deuses para a ECO-92.

— Ele vai ser assaltado — comentou um dos presentes.

Por incrível que pareça, ninguém riu. Um católico fez, discretamente, o sinal-da-cruz. E foi lembrada a coincidência de que o encontro seria no Rio de Janeiro. O presidente olhou para o secretário de Estado:

— Por que diabos esta reunião foi marcada para o Rio de Janeiro? — perguntou.

O secretário fez com os ombros o gesto de quem não sabe nem está interessado em saber. Mas em seus olhos percebia-se uma certa inquietação.

O silêncio foi quebrado por alguém:

— Jesus, é muita coincidência. Acho que o presidente não deve comparecer a esta reunião.

— Se for — falou outro—, acho melhor aliar-se a estes deuses do que aos malucos ecologistas.

O presidente cortou o diálogo:

— Os empresários não, Gordon. Os deuses eu aceito enfrentar. Brigo com o mundo inteiro, menos com os empresários. Estamos em vésperas de uma recessão e próximos de eleição. Os empresários cortarão o apoio à campanha. Os sindicatos brigarão contra a perda de empregos. O público ficará descontente com a redução do consumo. Antes do verão estaremos derrotados Desculpem, senhores, mas minha agenda prevê agora receber o embaixador da Argentina.

Gordon ainda tentou:

— Presidente, o senhor não tem concorrente. Tem noventa por cento de popularidade.

— Graças a ter enfrentado o Satan Houssein. Mas se no lugar dele fosse Rockefeller, eu não teria nove por cento.

— Mas foi Satan, e ele lhe deu noventa por cento e uma eleição garantida, como todos sabem — comentou alguém, rindo.

O secretário do Tesouro, certamente por ser o mais incrédulo, disse, em tom de brincadeira, o que poderia depois ser visto como mais uma prova da existência dos deuses.

— Salvo se os democratas lançarem um candidato andróide. Quem sabe vindo do Arkansas.

Todos riram, o riso da certeza da superioridade e da vitória. Não conheciam o poder dos deuses.

— Você poderia ficar um minuto mais? — pediu o presidente ao diretor da CIA.

Quando todos já tinham saído, o presidente disse para o chefe de sua espionagem:

— Faça uma lista completa de todos os loucos que dizem já ter estado lá. Especialmente os cientistas. Quero o máximo de dados sobre cada um. Os nomes de americanos passe para o FBI. Para que não reclamem depois que vocês estão interferindo na área deles.

Parte XIV

CAPÍTULO 53

A Negociação

Perdendo as esperanças, Bilder decidiu modificar os argumentos que usava para defender a humanidade.

— É uma pena que os criadores das bases para todas as maravilhas da civilização decidam destruir seu produto, em vez de corrigir os defeitos.

Decidiu ser sincero, já que pouco tinha a perder.

— É uma pena — continuou — que vocês não corrijam os defeitos da criação que vocês próprios fizeram.

Os deuses se entreolharam.

— O que você entende por defeitos? — perguntou um deles.

— Nosso espírito bélico. Nossa incompetência para usar o saber que recebemos de vocês e que desenvolvemos.

Houve um curto silêncio. Alguns riram.

— É o contrário — falou um deles. — Nós não conseguimos errar. Nosso último erro ocorreu há duzentos mil anos. Se optássemos por uma convivência com vocês, cometeríamos outro erro. Tão grave quanto a criação involuntária de vocês.

Bilder, deliberadamente, com raiva, fez que não entendeu.

— Desde o tempo de Teo e Ludd — continuou o deus —, nenhum de nós consegue cometer um erro. Somos um produto incapaz de errar. E deixar vocês na forma atual seria um erro. Todas as projeções indicam que não teríamos esperanças. Um dia, um ano, um século, um milênio, em qualquer momento seríamos surpreendidos por nossa criatura. O maior erro de um criador é errar na sua criação. Vocês próprios já têm esta experiência. A ciência que fizeram mostra isso.

"Mas nós cometeríamos um outro erro se os destruíssemos agora. Alguns de nós desejam a convivência.

Bilder riu pela primeira vez.

— O senhor disse que alguns querem a alternativa da convivência, outros da destruição. Quem está errado?

Os homens riram. Pareciam de certa forma contentes, como um engenheiro que vê a máquina fazendo aquilo para que foi programada. E melhor do que se poderia esperar durante o projeto.

— Nenhum dos dois — respondeu um deles. — Nós não erramos. Mas não temos o controle das coisas do mundo. Não controlamos vocês. Apenas programamos alguns. Os que querem destruir a civilização estão trabalhando na hipótese de que as coisas continuem no rumo atual. Os outros criaram uma alternativa. Se as coisas acontecerem como eles propuseram, nós vamos poder viver aqui e vocês lá. Ainda mais: vamos necessitar da ajuda de vocês.

Angustiado, Bilder perguntou:

— O que é preciso para que esta alternativa seja possível?

CAPÍTULO 54

A Preparação da Guerra II

O diretor da CIA criou dois grupos de trabalho. Para coordenar o primeiro, escolheu um agente de nome Richard Curtiss. Deu-lhe a missão de reunir todas as informações existentes sobre aquele assunto. Para o segundo, escolheu um agente com nome secreto.

Sua função seria, sozinho, reunir tudo que se pudesse saber sobre os programados.

Depois de algumas horas nos computadores da Biblioteca do Congresso, o primeiro grupo achou que dispunha de informações suficientes para viajar ao Brasil. O chefe foi recebido pela embaixada americana como antropólogo, o que não era mentira, e fez uma conferência na Universidade de Brasília sobre a antropologia urbana na obra de John dos Passos. Conheceu uma amiga de Camila que fez um cartão para ela, apresentando-o como um grande amigo que desejava conhecer o Centro-Oeste.

Na mesma tarde em que o cartão foi escrito, depois de se despedir dos professores e alunos, partiu para Barra do Garças.

Ali, o agente Curtiss continuou seu papel de antropólogo-espião e descobriu tudo que queria. Em dois dias sabia tudo o que precisava. Pensou ir adiante e ouvir o velho Beauvardage. Pensou ir à gruta. Mas achou que precisava de uma ordem da sede. E tinha um jogo de futebol dos Redskins, em Nova York, que ele não queria perder.

Por isso voltou e imediatamente apresentou seu relatório. Nada acrescentava ao que os informados no assunto já sabiam. Mas era impressionante pela precisão e conjunto das informações reunidas.

O outro espião, cujo nome não foi revelado para evitar qualquer risco de pedido judicial de indenização por invasão de privacidade, reuniu o mais que foi possível de dados sobre os programados. Para isso, seguiu dois caminhos, que se resumem em um só: acesso informático. Penetrou sem autorização nos arquivos do computador de Gordon e, dizendo que se tratava de parte da luta contra drogas, penetrou nos arquivos da Polícia Federal brasileira. Analisou todos os nomes que entraram no Brasil desde que o sistema fora informatizado. Cruzou esses nomes com os dos cientistas que compõem as listas de associações científicas, universidades, centros de pesquisas. Com a lista de cientistas de todas as áreas que tinham estado no Brasil, pesquisou nas fichas de hotéis quais deles tinham ido ao Centro-Oeste.

Finalmente, com essa lista de 318 nomes e a ajuda da rede de agentes, selecionou os suspeitos, conhecidos e parentes, e quais deles tinham estado desaparecidos, sofrido de amnésia ou enlouquecido durante a visita ao Brasil. O resultado foi surpreendente: quase todos. Muitos demoraram a lembrar. No final, salvo alguns que eram casados com brasileiras e foram apenas visitar os parentes, e não saíram das grandes cidades, todos tinham desaparecido por um dia ou outro.

Quando terminou, fez sua cuidadosa lista. Pôs um carimbo de "apenas para os olhos", levou ao diretor e teve o cuidado de sugerir: "Hipnose administrada." Eufemismo para seqüestro para hipnose forçada.

CAPÍTULO 55

O Outro Deus

Olhando para Bilder, mesmo percebendo a angústia que ele vivia, o homem-deus falou:

— Se quiséssemos, teríamos criado uma civilização muito melhor. Sem necessidade do imprevisto. Sem esperar que um menino manipulasse um andróide de segunda classe e que um terremoto o prendesse lá fora com uma andróide inferior.

Bilder ficou calado. Olhou para o chão. Humilhado com o muito de verdade que tinha o discurso, com ódio pela insolência daquele deus, pensou: "Deus de segunda classe também." Quis perguntar: "Mas por que ainda pensam em conviver? E por que disseram precisar de mim?" Estava tão absorto na humilhação e no ódio que quase não escutou o que ouviu.

— Nosso interesse está nas únicas qualidades que vocês têm: as falhas.

Bilder voltou a prestar atenção:

— Descobrir vocês nos fez conhecer algo que não sabíamos não conhecer.

Bilder riu, contente. Queria saber o que ele sabia mais do que um deus. Continuou esperando. O silêncio demorou. Não se conteve mais e perguntou:

— O que é que vocês não conhecem?

— Não conhecíamos.

— O quê?

— Que não conhecíamos. Até que ocorreram aqueles terremotos imprevisíveis e vocês apareceram, não imaginávamos que existissem temas nunca cogitados. Não pensávamos perguntas ainda não feitas. Nós procuramos responder às perguntas existentes. É como se morássemos em uma casa onde só víssemos as portas dos quartos de que conhecemos o interior. Um número infinito de salas deixam de ser visitadas, porque, não sabendo o que elas contêm, não vemos suas portas; não sabemos que existem. Ao saber tudo, não pensávamos.

"Por duzentos mil anos, vocês foram um tema não-cogitado. Porque não faziam parte do universo de nossos temas. Mesmo tendo acompanhado o nascimento do primeiro filho de Adam e Eveline, o tema se encerrara ali. Quando encontramos vocês, descobrimos um novo tema. Isso nos fez despertar para um mundo de temas e um novo modo de pensar.

Bilder saiu da raiva e angústia para a admiração da modéstia dos deuses. Por falta do que falar, comentou:

— Mas vocês são onipotentes, oniscientes.

O translúcido olhou para o chão. Parecia um deus tímido. Depois olhou Bilder, como se fosse um igual a ele.

— O infinito está limitado pela distância até onde chega o olhar. Aquele que não é capaz de imaginar além de onde vê pensa ver tudo. O poder absoluto é limitado pelos desejos de quem o exerce. A onipotência dos deuses está no limite de seus desejos. A onisciência está no limite das perguntas que fazemos. Tudo sabíamos porque perguntávamos pouco; tudo podíamos porque não desejávamos além do que nosso poder permitia.

"Vocês nos ajudaram a descobrir as perguntas.

"Descobrimos que a mente de vocês se preocupa com temas ainda não-cogitados. Como se fossem capazes de pensar o que ainda não sabiam; o que ainda não tinha sido pensado. Tivemos inveja da liberdade que vem da impotência e da ignorância. Ela significa que podem desejar além dos limites do poder que têm.

Bilder queria pensar sobre o que estava ouvindo. Usou o velho truque de dizer qualquer coisa.

— Chama-se imaginar.

— Desde que começamos a acompanhar o mundo dos andróides... — disse um outro deus.

Bilder teve a sensação de que pela primeira vez os homens-deuses falavam com ele como se não fosse uma simples máquina.

— ...intriga-nos como pode uma mente imaginar antes de começar a conhecer. Tentamos descobrir como funciona a mente que nós produzimos. A capacidade de imaginar não está dentro do que lhes fizemos. Foi adquirida. E nós queremos adquiri-la também. Queremos aprender a imaginar. Aprender como avançar além do conhecimento dos temas já cogitados.

"Para cogitar e imaginar, precisamos saber esquecer. O Grande Elo nos impede. Tudo que sabemos está guardado nele. E a ele temos acesso imediato. Funciona como nosso freio ao imaginar: porque não nos deixa esquecer. Queremos que vocês, nossas máquinas, nos ajudem a aprender a esquecer.

"Nós precisamos dos andróides que fizemos. Para que nos ensinem a esquecer. Se prefere, diria que os deuses querem que os homens lhes ensinem a esquecer. Para que possamos imaginar novos universos, aprender as coisas de que não cogitamos. E sonhar.

"Os deuses não sonham. Ao fazermos os andróides à nossa imagem e semelhança, ao construirmos nosso Éden, ao criarmos o Grande Elo, nos tornamos deuses. Deixamos de sonhar. Por isso, falta-nos um mundo que não conheçamos, onde possamos ter liberdade de imaginar. E nos faça sonhar.

"Não queremos poder mais, queremos desejar mais. Não queremos saber mais, queremos perguntar mais. Ver até onde vai nosso poder, descobrir os limites de nossa sabedoria. Queremos viver o inebriante exercício de querer realizar o impossível.

"Ensinem-nos a sonhar e estarão justificando que os tenhamos feito.

"Nosso único erro em meio milhão de anos estará justificado como nosso único verdadeiro acerto.

CAPÍTULO 56

A Preparação da Guerra III

O diretor deixou os agentes sentados na sua frente, analisou os dois trabalhos e riu satisfeito, especialmente bem-impressionado com a lista dos possíveis programados.
— Bom. Bom — disse então. — Muito bom trabalho de ambos. Agora, quero que sugiram o que fazer com isto.
O espião desconhecido disse:
— Sugiro hipnotizar um a um, se preciso à força, começando por aqueles que trabalham aqui mesmo na Agência. Lembro que todos eles ocupam posições em empresas privadas, ou nos governos ou em universidades.
Richard Curtiss disse que estivera pensando como entrar na gruta. Teriam de apurar mais as fotos feitas pelos satélites, localizar possíveis entradas. Com isso, a idéia seria escolher um bom grupo de fuzileiros, fantasiá-los de geólogos e conseguir uma autorização dos brasileiros para procurar petróleo. Preocupados com a crise energética, isto não seria difícil. Ou entrar pela Bolívia, com a desculpa de lutar contra o tráfico de drogas. Perambular pela região até penetrarem. Aí, destruir o má-

ximo no mínimo de tempo e sair. O problema — adiantou — é como saber se os agentes cumpriram a missão, ou se foram programados.

O diretor agradeceu. Disse que os citaria nominalmente quando falasse ao presidente, no dia seguinte.

Se não fosse um aficionado de futebol, ou se tivesse conhecido alguma brasileira que o atraísse, o espião Richard Curtiss teria ficado mais um dia. E teria descoberto algo que no primeiro momento perturbaria a lógica do diretor da CIA.

Depois da partida de Bilder, do seqüestro de Gordon, da fuga de Henderson e da estranha despedida de Camila, Hamilton queria ficar só. Mas não conseguiu. No bar aonde foi, Hamilton encontrou Pedro.

Pedro já não era o garoto de antes. Além disso, estava tão bem-vestido que Hamilton duvidou se de fato era ele.

Era. Estava visitando os parentes em Barra do Garças. E decidira ficar uns dias para ver uns negócios. Rindo, perguntou se ainda tinha as pedras dos deuses. Voltou a insistir que eram verdadeiras. Olhou para os lados e disse:

— Naquela época eu ainda não estava metido em coisas ilegais.

Todos na mesa riram.

Foi aí que Hamilton olhou ao redor com cuidado. Analisou as feições, roupas, temas das conversas e, de repente, sentiu-se numa mesa de mafiosos. A primeira idéia foi drogas. Mas logo depois Pedro disse em que estava metido:

— Tenho uma empresa que se dedica a desmatar e vender madeira. Em menos de seis meses limpei uma Bélgica. Foi o que disse uma revista americana.

Todos riram e continuaram tomando o melhor uísque que se encontrava no lugar.

Hamilton marcou para voltar a conversar com ele. Mas não disse nada que levantasse suspeitas quanto ao desaparecimento que tinham tido anos antes. Nem o que aprendera sobre a existência dos deuses, desde que Camila lera aquela surpreendente matéria em *A Outra Antena*.

Depois que ouviu o relato do diretor da CIA, o presidente chamou os secretários de Estado e de Defesa.

Apresentou-lhes as informações que tinha e disse que havia dados suficientes para desconfiar de algo realmente extraordinário. Mas o que fazer? Que ação tomar agora?

O diretor da CIA tomou a palavra:

— Se descartamos uma cirurgia atômica, sugiro uma missão de cinqüenta homens. Não necessitamos de mais. Dois vão na frente, como geólogos, para atrair a atenção dos homens subterrâneos. Por cima teremos os outros em um balão. Quarenta descerão e ocuparão a gruta. Os outros continuarão no balão para servirem de apoio para a retirada e para transmitirem tudo pela televisão.

O secretário de Defesa, irritado com o que parecia ser uma intromissão na sua área, perguntou:

— Quem garante que os subterrâneos não olham para cima?

— Dificilmente verão. Eles são translúcidos. Logo, devem ser albinos. Não poderão olhar para cima, com o céu e o sol da região.

O secretário calou-se. Não tinha nada a dizer.

— Prefiro a missão por terra — falou por fim. — Não sei se aquela região, de pântano amazônico...

— É quase sem vegetação — cortou o diretor.

O secretário continuou, como se não tivesse sido interrompido:

— ...ou se é seco e sem vegetação. De qualquer forma, será mais fácil camuflar por terra do que pelo ar.

O presidente interrompeu:

— Vejo que o secretário de Defesa está de acordo com a intervenção.

Tomado de surpresa ao descobrir que fora levado a isso, ele disse:

— Não vejo alternativa, presidente.

O presidente olhou para o secretário de Estado.

— Você também está de acordo.

— Sim, senhor presidente.

Houve um silêncio. Todos disfarçavam o medo de enfrentar seres tão poderosos. Mas, se eram tão poderosos, era preciso agir.

— Por que não fazemos junto com os russos?

— Não — disse o presidente, incisivo. — Não sabemos que tipo de acordo pode existir entre eles. Deuses de verdade podem muito bem ser materialistas. Não sabemos nem se não são os russos que estão lá dentro. Eu ainda acho que, tirando os mitos inventados, a história no final será muito mais simples.

O secretário de Estado fez a pergunta que ninguém queria formular:

— E fazer o quê lá dentro? Matá-los?

— Não — respondeu o presidente. — Destruir o computador deles. O que chamam de Grande Elo.

O secretário de Defesa olhou ao redor. Todos olhavam para o chão. Ele era o mais incrédulo de todos. Não queria ser aquele que lembraria o que todos pensavam. "E se for verdade que deste

Grande Elo vem todo o nosso pensamento?" Mas não perguntou, nem falou. Até pensou: "Talvez este seja um dos últimos pensamentos dos homens." Mesmo assim, continuou calado.

Até então o presidente não se dera conta de que o assessor Gordon estava presente. O presidente temia sua influência contrária à operação. Convocara a reunião sem sua presença, mas esquecera de avisar à secretária. Como assessor para assuntos de segurança, Gordon tinha entrada livre, salvo quando indicado o contrário. Ao vê-lo, não teve alternativa a não ser perguntar o que pensava.

O assessor foi franco.

— Presidente, não vejo como ficarmos parados. Mas temo muito por esta operação. Esses seres são poderosos. Não sabemos o que poderá ocorrer. Além disso, volto a insistir que, se for bem-sucedida, a operação estará destruindo o que poderia ser o maior salto da história da humanidade.

O presidente, que queria terminar logo com aquela reunião, disse:

— Não há maior salto. Os saltos são sempre pequenos. E, se eles continuarem, em vez de salto, podemos ir é para o buraco.

O diretor da CIA, que de repente era um entendido no assunto, disse que discordava de Gordon. O que lhe parecia, a ele e a seus agentes, era que os seres eram muito poderosos no saber, mas sem armas. Eram cérebros sem braços.

— Será fácil destruí-los, desde que consigamos entrar. A entrada sim, pode não ocorrer, porque eles a dominam. Até aqui só entra quem eles escolhem. Creio que nada temos a perder. Se não encontrarmos a entrada, nossos homens voltam. Continuamos na mesma. Se encontrarmos, será uma ação rápida.

O secretário de Estado concordou, e completou:

— Estamos falando em categorias de poder diferentes. O nosso é material, tecnológico; o deles é abstrato, imaterial.

— Tudo parece ser regulado pelo computador. Esse tal de Grande Elo. Só vejo um problema: como sair de lá.

Gordon ainda fez uma tentativa:

— Senhor presidente, o senhor está agindo em nome de toda a humanidade. Pelo que sabemos, das hipóteses, a capacidade do homem de pensar vem do Grande Elo. Se o destruirmos, a humanidade pode, de imediato, perder esta capacidade.

Houve um silêncio.

O presidente, como se fosse para si mesmo, disse:

— O ideal era ter acesso a este computador.

Os demais ficaram calados. Sabiam que era uma divagação.

— Como sair é uma tarefa para os nossos generais — disse o secretário de Defesa. — Mas não temos ainda os dados necessários. Vamos precisar de mais informações.

— Senhor secretário, fica decidido — falou o presidente, e sua forma de falar denotava urgência. — O senhor cuida de elaborar um plano de ação e trazer para nossa aprovação. Vamos acertar que, se os dados de que o senhor necessita existirem, o plano será feito em 24 horas. A reunião está terminada, mas peço que o senhor e o diretor da CIA fiquem mais um minuto para tratarmos de outro assunto.

Todos saíram, inclusive Gordon. O presidente ficou mais aliviado ao perceber que Gordon não o trairia. Ainda estava preocupado e queria que alguém o seguisse. O que ele não pensou foi que, sendo um programado, Gordon poderia transmitir tudo para o Grande Elo.

O diretor da CIA e o presidente trocaram olhares de um entendimento especial. O presidente fez um discreto movimento de cabeça. O diretor saiu e voltou com outra pessoa.

O presidente começou informando ao secretário de Defesa:

— O diretor enviou mais um agente que não queríamos expor ainda. Ele esteve dentro da gruta, levando consigo equipamentos que gravaram toda a conversa. Eu lhe peço o mais absoluto segredo. Esta é a primeira vez em que as conversas não são resultado de hipóteses, hipnoses ou mitos, mas sim de uma gravação feita lá dentro mesmo. Foi isso que me levou a tomar a decisão. Primeiro, porque é verdade. Segundo, porque ele comprovou a fragilidade deles. São mais frágeis do que os deuses gregos no Olimpo, que tinham à disposição raios e trovões.

O presidente disse que não precisava voltar a escutar a gravação — "Até porque me assusta um pouco" — e que o secretário levasse para seus generais, lembrando o absoluto sigilo do assunto.

A gravação não acrescentava nada ao que já se sabia, salvo uma conversa entre o ingressado e os deuses, em que um destes dizia:

"Nós não temos metalurgia. Trabalhamos diretamente o átomo. Fazemos o metal de que necessitamos. Como tanto sonharam os alquimistas de vocês. Temos uma engenharia e uma arquitetura atômicas que desenham e constroem qualquer tipo de material."

Logo depois ouve-se a voz do agente, perguntando:

"Então vocês podem fazer as armas de que necessitarem."

Silêncio.

"Sim. Claro."

"E as têm?"

"Claro que não. Não necessitamos delas. Armas nunca serão necessárias. Aqui dentro não há nação, não há propriedade, não há interesses conflitantes. E de fora não haverá ameaça. Fechamos e abrimos quando queremos. Esta é a nossa melhor arma."

A conversa continua sem mais interesse para a definição da operação. O agente infiltrado disse que precisava fazer um alerta:

— Não vejo qualquer dificuldade maior, depois que entrarmos. Mas é possível que nossos homens não voltem. — Fez uma pausa e continuou: — A destruição do computador pode levar a um fechamento automático da entrada.

— Minha hipótese é o contrário — argumentou o diretor. — Acho que, em caso de desligar ou explodir, a única alternativa para eles é o ar livre. Mesmo que poluído. Eles sairão. Será a maior notícia de todos os tempos. Posso até ver a manchete: "Deus foi preso no Centro-Oeste do Brasil."

— Por imigração ilegal — completou alguém.

Todos riram.

Parte XV

CAPÍTULO 57

A Deserção

Quando saiu da sala, Gordon percebeu o que poderia acontecer. E achou que deveria evitar. Sua lealdade para com o presidente e o país era menor que a lealdade para com a humanidade e os deuses. Caminhou até a Rua K e tomou o ônibus para Maryland.

Só ao chegar em casa, 45 minutos depois, quando a mulher perguntou o que tinha acontecido, lembrou que de manhã fora para o trabalho dirigindo o carro. Sem mesmo entrar em casa voltou para Washington, junto com a mulher. Quando ela encostou o carro no estacionamento do Anexo Executivo da Casa Branca, Gordon viu o diretor da CIA, que ficara na sala com o presidente. Caminhou em sua direção.

Sabia que pouco adiantaria, mas, por obrigação, raiva e desespero, foi até o colega de governo e disse:

— Vocês, nós estamos cometendo uma loucura.

O diretor da CIA observou-o. Já não era um olhar de companheiro. Olhava também para os lados. Os dois ficaram em pé, na escadaria que dava para a Rua 17 NW.

— Não sei de quê está falando.

— Você não sabe o que está fazendo. O presidente está equivocado ao ordenar a invasão da gruta. Se desligarmos o Grande Elo, os homens morrerão.

— Quais homens?

— Nós. Nós desapareceremos, Peter. Deixaremos de refletir, de falar, perderemos a memória.

— Tolice, Gordon. Você não acredita nessas histórias. Não pode acreditar. Não vai acontecer nada.

— Como você pode estar tão certo? É uma irresponsabilidade. Quando soubermos, já será tarde demais.

Gordon falava gritando, batendo os pés no chão como uma criança. Sua mulher, olhando-o do carro, não ouvia, mas percebia a ansiedade do marido. Buzinou para ver se o tirava dali. Com um aceno de mão, ele indicou que ela podia voltar para casa. Ele iria no seu carro.

Depois de um silêncio, como em dúvida se devia ou não falar, o diretor da CIA disse:

— Nós já testamos.

— Testaram o quê? — perguntou Gordon, assustado. Mais até, horrorizado. Mas, ao mesmo tempo, de certa forma, aliviado.

— Os astronautas falam conosco da Lua. Pusemos um homem num submarino, dentro de uma caixa de vidro com quatro polegadas. Todos continuam se comunicando conosco, sem necessidade deste Elo. Isso significa que essa história do Grande Elo é tolice.

— Peter, eles nunca deixam de estar conectados. Se o Grande Elo quebrar, nós ficaremos estúpidos. Por isso que um derrame cerebral nos deixa sem fala. Por isso que temos pessoas retardadas. Porque não se comunicam com o Grande Elo. Ali está a nossa capacidade de pensar.

O diretor da CIA pediu licença. Estava com pressa. Mas repetiu:

— O presidente não deu nenhuma ordem.

Gordon ficou parado, olhando-o se afastar. Lembrou do temor que sentia, quando criança, de assistir ao fim do mundo. Olhou o céu e escutou o silêncio daquela região de Washington, à noite. Mais que nunca, teve certeza de que deveria agir.

Ao vê-lo entrar no prédio, a mulher imaginou que Gordon iria buscar as chaves e tomaria o carro. Ligou o seu e saiu devagar.

Antes de entrar no prédio, Gordon ficou olhando e ainda deu-lhe um nostálgico adeus, quando ela acelerou, dobrando na rua. Seria a última vez em que ela o veria.

Gordon mostrou sua credencial ao guarda, foi à sua sala, ligou o computador e fez uma conexão para Spassky.

Ainda era cedo de manhã em Moscou. Ninguém estaria presente na sala do amigo. Salvo o computador que recebeu a mensagem.

Rápido, quase sem concatenar os pensamentos, Gordon escreveu:

"Tenho fortes suspeitas de que o presidente vai tomar medidas drásticas contra os deuses. Pode até decidir invadir a gruta e destruir o Grande Elo. Você sabe o que poderá acontecer. Não podemos deixar. Fale com o seu presidente. Depois da transmissão, vou apagar e desligar. Isto será considerado uma traição. Não tenho mais alternativa nos Estados Unidos. Viajarei para o Brasil imediatamente. De lá entrarei em contato com você."

Quando terminou, guardou o micro na caixa e carregou-o consigo. Mostrou outra vez a credencial, foi até o carro e dirigiu para o Aeroporto National.

CAPÍTULO 58

A Indecisão

Poucas horas depois Spassky leu a mensagem. Recostou-se, amassando o encosto de sua cadeira. Olhou para os lados, viu o jardim do Kremlin, passou a mão na testa suada, pensou onde estaria o amigo àquela hora. Olhou o relógio, imaginou que àquela altura todos em Washington já sabiam da deserção de Gordon. Pensou qual seria o próximo passo do governo americano. Lembrou que não poderia demorar a agir. Mas não decidia o que fazer.

Temeu a reação de seu próprio governo. Diante da crise econômica que viviam, o presidente poderia não dar a importância devida. Seria um grave erro. Ou poderia supervalorizar e tentar enfrentar os Estados Unidos da América. Erro ainda maior. Ou decidir invadir também a gruta. O que seria uma tragédia imensa. Imensurável.

Em vez de avisar seu governo, pensou que deveria, ele próprio, com Gordon, proteger os deuses. Mas não teria meios. Não era tão fácil ir de Moscou para o Brasil, como desde Washington. E não adiantaria de muita coisa, ele e Gordon sozinhos. Não podia perder tempo. E não tinha muitas alternativas.

Deu um comando no computador para imprimir a mensagem que estava no monitor. Antes mesmo que o papel avançasse até o final da última página, arrancou-o da impressora e encaminhou-se rápido em direção ao gabinete do presidente, do outro lado do imenso prédio.

Caminhou com a folha de papel pendente da mão, quase arrastando-a no chão. Como se todos os homens do mundo estivessem observando seus passos.

A secretária particular do presidente da URSS percebeu que o assessor tinha algo de muito sério a tratar. Nada perguntou, nem tentou impedi-lo de entrar.

Spassky encontrou o presidente em uma audiência com o embaixador da Mongólia. Esperou que a audiência terminasse. Pela cara desolada de seu assessor, o presidente percebeu que algo de muito grave estava ocorrendo nas relações com os Estados Unidos. Ficou curioso sobre o que estaria escrito naquela folha de papel nas mãos do seu assessor. Não conseguiu prestar nenhuma atenção à fala do embaixador.

Quando se despediu, voltou até onde estava o assessor, agora sentado. Sem trocar palavra alguma, cada qual estendeu a mão. O papel trocou de lado.

O presidente soviético olhou o papel que tinha na mão, sem entender uma única palavra do inglês apressado de Gordon. O assessor ficou olhando com firmeza nos olhos do chefe, disse o que estava escrito. O presidente olhou para ele e perguntou:

— É verdade? Ou ele está brincando?

O assessor respondeu com outra pergunta:

— O que faremos?

— O assessor é você — retrucou o presidente.

Sem pensar, e sem soltar o papel, pôs a mão sobre a mesa, e olhou para Spassky.

CAPÍTULO 59

A Ordem

— Derrubem o avião.
Foi o que disse o presidente dos Estados Unidos quando tomou conhecimento da fuga de seu assessor.

Ainda de madrugada, o presidente fora informado de que a mulher de Gordon denunciara à polícia que o marido não voltara para casa, como era esperado. A CIA rapidamente reconstituiu todos os passos do funcionário. Não teve acesso à mensagem a Spassky, mas detectou o envio, o tempo de duração e até mesmo o número de palavras e letras. Localizou seu carro no estacionamento do aeroporto, o destino de Gordon até Nova York e o vôo que tomara para Bogotá, em trânsito para o Rio de Janeiro. Estava nesse vôo quando o presidente deu a ordem.

O diretor da CIA esperou um pouco e deu uma sugestão diferente ao presidente, o que raramente fazia.

— Não é necessário, senhor presidente. Podemos fazer com que seja preso como traficante de drogas e enviado imediatamente de volta para nós. O que me preocupa é o que fazer com a mulher dele, que talvez conheça as razões da fuga. E, ainda mais, como saber o que sabem os russos e o que vão fazer.

O presidente ficou em silêncio. Passou-lhe pela mente que o diretor da CIA parecia ter idéias também. Pensou: "Está bem, ainda não." E mudou o rumo de suas preocupações.

— Traga-o de volta como achar melhor — disse por fim. — Não o deixe tomar o vôo em Bogotá para o Brasil. Mande alguém cercar sua mulher. E venha às nove horas para uma reunião comigo.

O diretor despediu-se e desligou o telefone. Ao seu lado estava um de seus colaboradores, que escutara a conversa por outra linha. O diretor olhou-o e disse:

— Já sabe. Ligue para nosso homem em Bogotá. Temos menos de uma hora antes de ele chegar lá. E apenas três antes de ele sair para o Rio. E diga ao Ron que cuide da mulher. Ela não poderá falar com ninguém. Nem com a caixa do supermercado. Vocês cuidam de tudo.

Quando sentou no avião com destino a Bogotá, Gordon olhou ao redor percebendo que não lembrava de quase nenhum dos momentos que o levaram até ali. Lembrava do adeus à mulher, da conversa com Peter Brigton nas escadarias do Escritório Executivo. Nada mais. Nem conseguia saber o que faria a partir daquele momento. Queria chegar ao Rio de Janeiro, tomar um avião para Brasília, falar com Hamilton, Camila, e com Bilder, se estivesse lá. Juntos descobririam como evitar a maior das tragédias que a humanidade já atravessara, a maior das blasfêmias que o homem já cometera.

Quando a aeromoça lhe ofereceu uma bebida, a primeira reação de Gordon foi aceitar um uísque. Precisava dele. Mas olhou-a, assustado. Já deviam saber que ele estava naquele avião. Poderiam ter comunicado ao comandante. A bebida poderia estar envenenada, ou com um forte soporífero. Seria levado de volta dormindo. Talvez nunca mais acordasse. Percebeu no carrinho de bebidas uma garrafa ainda fechada. Não poderiam ter posto remédio em todas elas. Apontou para a marca fechada. Pediu um duplo, para não ter de repetir.

Gordon nunca fora dado a considerações filosóficas. Sempre fora visto como um dos pragmáticos cientistas políticos da geração Ph.D. Sabia todos os números de eleitores, as tendências de opinião pública e os nomes de todos os presidentes dos países do mundo. Mas não tinha a menor preocupação com o destino de cada povo. Muito menos da humanidade. Conceito que não entendeu, durante as poucas aulas de filosofia a que assistiu. A humanidade não tinha Constituição, nem bandeira era um conceito abstrato. Mas, sentado naquele avião, pensava em deuses subterrâneos. Sem perceber, Gordon se fez filósofo por necessidade.

Entendeu que havia uma luta de dimensões inimagináveis entre os deuses e todos os homens; e, nesta luta, ele estava do lado dos homens. Mas havia outra guerra entre alguns homens e todos os deuses; e nesta ele estava ao lado dos deuses; porque, para ficar ao lado de todos os homens, ele tinha de apoiar os deuses contra alguns homens.

Nesse momento teve um sobressalto.

Lembrou que era um programado.

CAPÍTULO 60

A Conversa

Depois de um longo silêncio, com o assessor olhando o presidente e este olhando a parede em frente, o telefone tocou. O presidente da URSS atendeu. Levantou os olhos para o assessor, que deu um passo em direção à mesa.

— Sim — disse o presidente. — E avise ao ministro das Relações Exteriores. Quero que ele participe da conversa.

Desligou o telefone e comunicou apenas:

— O presidente vai nos ligar dentro de meia hora.

— Qual presidente?

— O presidente dos Estados Unidos.

Quando o ministro chegou, o presidente da URSS mostrou-lhe o papel impresso com a mensagem de Gordon. O ministro riu. Fez um curto silêncio olhando seu chefe e disse:

— Isto é uma conspiração. Jamais confiei neste Gordon. Sempre foi favorável demais. Só os espiões são exageradamente favoráveis. Só os policiais são exageradamente radicais.

— Eles querem provocar uma reação nossa, para saber até onde vamos nas relações com os homens da gruta. É como fazem os jogadores de xadrez. Para testar a tática do adversário, usam algumas das peças. Gordon foi a peça. Garanto como o presidente vai falar sobre ele.

Nesse exato momento o telefone tocou. O presidente soviético chegou a olhar para seu ministro, como se fosse uma peça do jogo. Com seu gosto pelo inusitado, chegou a pensar, rindo, como seria interessante se no xadrez fosse possível dispor de peças infiltradas com a cor das peças do adversário.

Na linha estava o presidente dos Estados Unidos da América.

O ministro ocupou um telefone ao lado, o tradutor um outro.

O presidente americano parecia de bom humor. Mas não escondia a preocupação. Depois das saudações, alongadas pela tradução de um lado e do outro, disse a razão pela qual ligara.

— Senhor presidente, sinto-me na obrigação de lhe informar algo pelo qual devo pedir desculpas de antemão.

Houve uma pausa para a tradução. A fim de ganhar um pouco de tempo, o presidente soviético falou algo como dizer que estava à disposição para qualquer coisa. Enquanto em Washington isto era traduzido, ele falou para o ministro e para o assessor:

— Deve ser algo com o Iraque. Ele nos ludibriou. Depois de tudo que fez em Bagdá, vai fazer as pazes com Sadam e um acordo com o Iraque sem ter nos prevenido. Apesar de racistas, o Deus dos americanos é negro: o petróleo.

Não imaginava que a realidade é mais fantástica do que a literatura de que ele tanto gostava.

Depois de ouvir o comentário inócuo de seu interlocutor, o presidente americano disse, jogando uma bomba sobre o Kremlin:

— Tenho de informá-lo que durante os últimos cinco anos tivemos um espião em seu gabinete.

Até o tradutor fez silêncio antes de continuar rapidamente, com medo de ser um dos suspeitos. O presidente soviético e o ministro suspenderam a respiração, abriram de forma desmesurada os olhos castanhos de um e azul-turquesa do outro. Afundaram nas respectivas cadeiras, sabendo que do outro lado do mundo viria uma informação capaz de destruir suas carreiras, seus projetos pessoais e de Estado.

— Talvez esta seja a primeira vez na história que um chefe de Estado faz o que estou fazendo. Confessar a outro a existência e o nome de um espião a seu serviço no gabinete do adversário. Mas os interesses superiores de nossos países exigem este comportamento ético que tenho a honra de assumir.

Spassky era o único na sala que não ouvia o diálogo. Por isso era o mais angustiado ao ver a expressão nos rostos de seus superiores. Chegou a imaginar o pior, de que se tratava de uma declaração de guerra. Olhou pela janela se algum míssil aparecia no céu. Imaginou perdidos todos os esforços que realizara junto com Gordon.

— O nome de nosso espião é Spassky.

Enquanto falava, o tradutor olhou para o assessor. Ao ouvir o nome, o ministro olhou para ele também. Suou frio, mas intimamente sorriu. O presidente levantou da cadeira, sem perceber que o fazia. E praticamente não escutou o que o seu colega americano continuou dizendo:

— Eu só tomei conhecimento disso ontem à noite. Foi uma ação injustificável, impensada, irresponsável de um de nossos funcionários, que já foi demitido sumariamente. O senhor talvez saiba o nome: Marc Stewart Gordon. E há algo mais, senhor presidente: os dois estão envolvidos em tráfico de drogas, com mafiosos brasileiros.

O presidente sentou-se. Houve uma rápida despedida. Um longo silêncio. O tradutor perguntou se podia se retirar. O presidente disse que sim e, olhando-o nos olhos, disse:

— Você nos acompanha há muito tempo. Não precisaria ouvir e pode tomar como desnecessário, mas lembro do sigilo absoluto desta conversa.

O tradutor apenas balançou a cabeça. Não ficou irritado com uma lembrança desnecessária, mas não ficou contente. Para mostrar sua confiabilidade, nem ao menos olhou para o assessor, mas incluiu-o nos cumprimentos de despedida. Como se seu nome não tivesse aparecido no diálogo entre os dois chefes de Estado.

Quando o tradutor saiu, o assessor correu para junto da mesa de trabalho do presidente. O ministro, instintivamente, se levantou, como se fosse proteger o chefe. Sem saber que sua ânsia aumentava a suspeita sobre si, o assessor, ofegando, perguntou o assunto.

Para sua surpresa o presidente, olhando o ministro, disse:
— Sigilo.

O assessor, surpreso, disse:
— Sigilo? Comigo? Eu sei tudo sobre as negociações com os Estados Unidos. Não posso trabalhar sem conhecer todos os assuntos.

O presidente olhou o ministro, que perguntou se poderiam ficar a sós. O presidente disse que sim. O assessor, surpreso, abatido, saiu da sala. O presidente chamou o chefe de segurança e ordenou que Spassky não saísse do prédio, nem fizesse qualquer chamada.

*

Quando estavam a sós, o ministro disse ao presidente:

— Você sabe que nunca tive boas relações com o Spassky. Sempre duvidei dele, queria ir mais depressa do que devíamos. Sempre estivemos em posições diferentes em relação à amplitude e urgência de nossos acordos de desarmamento com os americanos. Sempre disputamos qual de nós dois tinha mais ascendência sobre você. Mas não posso aceitar que ele seja espião. É mais uma jogada dos americanos.

O presidente parecia estar desejando ouvir aquilo. O ministro continuou:

— Não podemos confiar nas palavras de um presidente americano sem apurar os fatos.

O presidente pareceu ficar mais leve sobre a cadeira. Respirou fundo e disse:

— Vamos dizer a Spassky que não queríamos atormentá-lo com a descoberta de que o amigo Gordon é um traficante. E ficar de olho nele. Peça aos seus homens que façam uma devassa em sua vida. Chame-o.

CAPÍTULO 61

A Morte e o Mais

Gordon só viu os dois homens quando já estava agarrado, algemado, carregado e quase encapuzado. Só se deu conta do que ocorreu dentro de um jato executivo, e foi informado de que estava no caminho de volta, de Bogotá para Washington.

Protestou. Mostrou seu crachá de funcionário da Casa Branca. Disse que tinha direitos de se locomover para onde desejasse. Que queria um advogado. Queria falar com o presidente. Continuou falando até olhar em frente e ver sua pasta aberta, com uma bolsa de plástico com um pó branco e um papel com uma lista de nomes. Olhou para os agentes em frente e viu o riso que eles deram. Leu a lista de nomes. Não conhecia nenhum daqueles, salvo o de Gregory Spassky.

Nesse momento, viu surgir de trás do avião um conhecido assessor do diretor da CIA. O espião pediu que os demais agentes saíssem e, rindo, perguntou se preferia continuar colaborando com o presidente ou se preferia ser preso como traficante de drogas.

Gordon deu um grito. Com as mãos algemadas e o cinto de segurança amarrado, movia-se dentro de estritos limites: as pernas até o banco em frente e os ombros e a cabeça de um lado para o outro. Disse que não se submeteria a pressões. Que o destino da humanidade era superior a tudo o mais. Que seria preso, mas o mundo saberia a loucura que os homens estavam cometendo.

O agente fez um gesto com a cabeça. Deram-lhe uma injeção. Estava dormindo quando aconteceu.

Quando acabaram de explicar a Spassky a situação em que se metera o amigo Gordon, e recebiam o mais enfático protesto, o presidente e o ministro foram surpreendidos com a entrada do chefe de segurança. Disse que o embaixador dos Estados Unidos estava no Kremlin e gostaria de ter uma audiência de urgência.

O presidente pediu que o ministro ficasse. Spassky, irritado, preocupado, desesperado, imaginando que algo grave se passaria na luta entre os EUA e os deuses, ficou na ante-sala.

O embaixador entrou com uma expressão grave. Saudou o presidente e passou-lhe um papel recebido por fax. Era a lista de nomes encontrada com Gordon. Felizmente tinha sido fotocopiada antes que ele embarcasse de volta para os EUA, disse.

— O avião explodiu sobre o Caribe. Foi obra dos narcotraficantes — continuou.

Na lista estava o nome de Spassky, com um número ao lado.

— É o número de uma conta num banco suíço.

Diante do olhar estupefato do presidente e de desconfiança do ministro, o embaixador disse que tinha uma mensagem secreta e oral de seu presidente para o presidente soviético. Comunicou que imaginava ser do interesse dos dois governos continuarem o caminho para a paz, mesmo sem a grande contribuição dos dois assessores. Para isso, o melhor seria um pomposo enterro de Gordon como herói nacional. Isto seria feito tão logo algum pedaço dos restos fosse encontrado. O presidente americano pedira para informar que, em nome das boas relações entre os dois povos e de manter o prestígio nacional e internacional do presidente soviético e de seu ministro das Relações Exteriores, o nome do funcionário soviético seria eliminado da lista. Mas ele contava que o governo soviético saberia o que fazer nesta luta de toda a humanidade contra o tráfico de drogas.

Parte XVI

CAPÍTULO 62

A Guerra

Quando os homens penetraram na gruta, Bilder foi tomado de um susto como jamais imaginou. Diante dele, na tela de uma televisão, estavam os soldados norte-americanos, como loucos hipopótamos tecnológicos: as roupas cheias de bolsos, equipamentos pendurados, capacetes especiais, máscaras contra gases. Sentiu-se frente a andróides fantasmagóricos num filme de ficção científica, onde os monstros eram seus semelhantes. Ao lado de Bilder, os longilíneos e translúcidos homens-deuses pareciam retratos da calma.

Bilder fora avisado da invasão, mas não imaginava aquele aparato, nem aquela mobilização. Muito menos a passividade dos deuses. Esperava que das paredes saíssem gases, que raios desintegrassem os invasores.

Tudo se passou diferente.

Os soldados invadiram a gruta acompanhados dos ruídos e da destruição que produziam. As telas mostravam-nos penetrando em direção ao centro. Não encontravam qualquer resistência. Pela tela, percebia-se que só uma porta separava os invasores e o Grande Elo.

Nesse momento os homens-deuses manifestaram ligeira inquietação. Pareciam mais próximos uns dos outros, olhando uma televisão que mostrava soldados abrindo a porta da sala do Grande Elo, com explosivos e raios *laser*, enquanto outros protegiam a retaguarda. Outra televisão mostrava a porta atacada vista por dentro. Era a sala do Grande Elo.

Antes do que poderia esperar, Bilder viu que os soldados invadiam a sala e punham explosivos em diversos pontos. Toda a operação durou poucos minutos. Bilder torcia para que os homens-deuses reagissem. Gritava "façam algo", "façam algo".

Quando a televisão ficou branca, nenhuma perturbação ocorreu na sala onde estavam. Era como se nada tivesse acontecido. Apenas nenhuma das duas televisões fazia ruído, nem mostrava imagem. Um silêncio tomou conta dos homens-deuses. Nada diziam. Esperavam alguma coisa. Como se temessem que os soldados chegassem ali dentro. Bilder teve um momento de pretensão, imaginando que vinham salvá-lo. Ele se perguntava o que ocorrera. A parada na transmissão dava a impressão de que o Grande Elo tinha sido destruído. Mas nada ocorrera no local onde eles estavam. Nenhum tremor, nenhum ruído.

Olhou ao redor e viu que as luzes prosseguiam iluminando e os homens-deuses falavam normalmente, apesar de mostrarem leve tensão. Os terminais de computadores davam sinais de vida. Só as duas televisões estavam sem imagens, mas continuavam com luz e funcionando.

Foi quando, em uma delas, apareceu um homem-deus. Olhava diretamente para a câmera, e com voz pausada, num idioma que Bilder precisou esperar para ser traduzido, disse:

— Está terminado. Os andróides loucos já saíram. Fizeram o trabalho que deveriam fazer.

Bilder olhou em torno. Concentrou-se naquele que mais se comunicava com ele. E soube o que acontecera.

— Depois de descobertos, nossa melhor defesa é parecermos destruídos. Fazer pensarem que não existimos mais. Os andróides vieram destruir o Grande Elo. Viram a explosão. Programados, levarão esta impressão. Dirão que a porta fechou atrás deles, por efeito de um grande desabamento. O presidente dos andróides não divulgará jamais a notícia.

— Mas como vão sobreviver sem o Grande Elo?

— Nosso sistema está completo em qualquer lugar onde um único de seus terminais esteja. Como o princípio da holografia. Cada terminal é igualmente completo. Só não tem a memória absoluta do Grande Elo.

"O Grande Elo foi o símbolo da onisciência espalhada por toda a Colônia. Era nosso Deus. E não tínhamos coragem para destruí-lo. Sem a presença Dele, poderemos esquecer, sonhar. Ao matá-lo, os andróides nos prestaram um serviço. Só assim penetraremos no estudo de temas não cogitados. Descobrir o mistério. Imaginar deuses. O Céu.

"Sem o Grande Elo, os andróides perderão seus gênios. As utopias serão esquecidas; as convicções se desvanecerão. As idéias ficarão presas ao imediato; o sonho, à lógica. A sobrevivência dos acomodados substituirá a ousadia dos gênios. A repetição de teorias substituirá a inspiração de novas idéias. O destino não ultrapassará os limites do dia.

"Ao destruírem o Grande Elo, os andróides nos fizeram outra vez homens. E fizeram-se outra vez andróides.

"Agora fecharemos as portas da Colônia. O erro de Adam foi corrigido no mesmo tempo que descobrimos a beleza de errar.

CAPÍTULO 63

O Profeta dos Deuses

Bilder descobriu um medo adicional. Gaguejando, perguntou:
— E eu? Não quero ficar preso.
Os homens riram.
— Precisamos de você lá fora — disse um deles.
Quase chorando, Bilder pediu:
— Só quero que me digam para quê fui programado.
— Podemos dizer-lhe agora. Depois não recordará. Você nem saberá que foi programado. Nem a hipnose vai mostrar. Nos outros, foi necessário deixar que soubessem, para informar de nossa existência e atrair os andróides. Agora você será encontrado como se estivesse perdido na região. Vai lembrar de cada momento. Contar a história desses dias. Mas ninguém acreditará, porque, hipnotizado, dirá que viu a destruição. Confirmará a versão dos soldados.
Bilder fez novo apelo:
— Mesmo assim, antes que me apaguem, por favor, digam-me, para quê serei programado?

— O processo civilizatório já não poderá ser controlado. Grandes distúrbios ocorrerão, em caráter irreversível. Muitas guerras por recursos naturais, por religião, por gosto dos líderes. A desigualdade será crescente. Os andróides se dividirão em espécies diferentes. O mundo permanentemente instável viverá submetido à violência. Perderão o sentimento de irmandade. Cada andróide terá seu próprio cisma egoísta. Lutarão entre si, esquecidos de nós. A destruição ecológica completará o processo. Na sua concepção atual, a civilização dos andróides desaparecerá.

"Um dia, quando você já não estiver mais vivo, eu também talvez já nem esteja, pode ser que a porta da Colônia volte a se abrir. Homens e andróides...

— Homens e deuses — corrigiu Bilder.

O homem fez um movimento de lábios parecido com o riso, e continuou:

— ...os homens de carne que já foram deuses e os andróides feitos de barro que já foram homens, homens e deuses, poderão conviver com os animais e as árvores que sobrarem.

"Para isso vocês terão de ser modificados. Perder as lembranças que têm de Adam, de um jardim onde antes viveram, lembranças de deuses, perder o desejo de serem imagem Deles, abandonar a busca da imortalidade. Aceitar que são de barro e, até, desejarem a morte.

Bilder não resistiu a perguntar, de maneira tão irônica que se surpreendeu pela coragem:

— E para quê poupar-me? Os soldados cumprirão o papel de relatar a destruição.

— Porque temos de aprender a aprender. Isso só é possível com vocês. Vamos continuar observando-os.

Bilder ficou em silêncio, entre curioso e assustado. Não tendo o que perder, e diante da gravidade do momento, não resistiu a dizer:

— Mas não precisam de mim. Há muitos lá fora. Dispõem de muitos para lhes transmitirem nossas experiências. Não precisam de mim.

— Você vai nos ajudar.

— Ser Deus é não desejar conhecer quem O fez — continuou outro homem-deus. — Nós não desejávamos ser deuses.

"Ao descobrirmos em nós a origem que vocês tinham, aprendemos a pensar qual será nossa origem. O Grande Elo não soube nos responder. Ele não perguntava. Apenas respondia. Com vocês aprendemos a desejar uma origem.

"Vocês nos fizeram desejar conhecer os deuses que existiram antes de nós. Queremos descobrir os deuses que nos fizeram. Onde estão os verdadeiros deuses. Os que nos fizeram.

"Com os mitos e fantasias de vocês, talvez possamos descobrir nossa origem. Se não descobrirmos, corremos o risco de pensar que vocês nos fizeram. Como mais um de seus mitos e fantasias.

"Nossa certeza e linguagem nos condenaram ao saber que limita o conhecimento aos temas que já carregam a verdade em suas hipóteses. Só com mitos e sonhos e mistérios, com a capacidade de criar até o limite de errar, de especular com falsas hipóteses, seremos capazes de formular idéias para o Deus que nos criou.

"Levaria muito tempo aprender a sonhar. E não queremos esperar. Para nossa aprendizagem, não bastam uns poucos andróides programados dentro da Colônia. Precisamos de um número maior de andróides pensando nossa origem.

"Você vai ser programado para dizer que esteve aqui. Vai escrever um livro contando o que viu.

Mais calmo, Bilder ponderou:

— Você disse que eu seria programado para não lembrar.

— Sob hipnose você nada vai lembrar. Mas vai escrever um livro com esta história.

— Não vão acreditar. Sou historiador. Minha credibilidade será abalada.

— Dirá que escutou as histórias. Que não acredita nelas. Inventará fontes.

Angustiado, sabendo que nada o impediria de ser um instrumento dos deuses, C.R.C. Bilder — historiador — perguntou:

— Mas para quê?

— O livro servirá para que os andróides procurem descobrir de onde viemos. Cada leitor será programado para sonhar com deuses. Muitos recusarão, outros o acusarão de louco, de herege. Mas alguns acreditarão. Destes, um será o nosso profeta.

"Através dele, nós sonharemos. Ele despertará em nós os deuses subterrâneos escondidos na inconseqüente inconsciência de nossa lógica. E nos comunicará.

— Como?

— Ele saberá.

CAPÍTULO 64

e

Como historiador, conhecedor de textos esotéricos, Bilder lembrou do Livro de Joel: "Depois disso, derramarei meu espírito sobre todos os viventes, e os filhos e filhas de vocês se tornarão profetas; entre vocês, os velhos terão sonhos e os jovens, visões."

E desmaiou.

Quando acordou, estava sentado sobre uma grande pedra.

Olhou em frente para o sol, viu o vermelho que se espalhava no céu distante e

Parte XVII

CAPÍTULO 65

A Dúvida

Jamais consegui concluir a história. Nem interrompê-la em um dos pontos anteriores, como sugeriram os editores. Nem corrigir as falhas lógicas que ela contém. Não soube inventar um destino melhor para Camila, nem o que fazer com Hamilton. Não acrescentei fatos novos que evidenciam a ação dos deuses subterrâneos.

A história fica incompleta.

Talvez tenha sido um erro de programação. Ou talvez tenha sido esta a programação: na letra *e* estaria a chave para identificar o profeta que Eles tanto anelam.

Este livro foi composto na tipologia Minion,
em corpo 11,5/16, e impresso em papel
off-white 80g/m² no Sistema Cameron
da Divisão Gráfica da Distribuidora Record.

Seja um Leitor Preferencial Record
e receba informações sobre nossos lançamentos.
Escreva para
RP Record
Caixa Postal 23.052
Rio de Janeiro, RJ – CEP 20922-970
dando seu nome e endereço
e tenha acesso a nossas ofertas especiais.

Válido somente no Brasil.

Ou visite a nossa *home page*:
http://www.record.com.br